2010
제55회

現代文學賞 수상시집

안규철, 「두 개의 빈 의자」, 드로잉

| 현대문학상 기념조각 |

안규철

책은 양면적인 요소들이 중첩되어 있는 물건이다.
책에는 왼쪽과 오른쪽 페이지가 있고, 보이는 앞면과 보이지 않는 뒷면이 있다.
안과 밖이 있고, 시작과 끝이 있다. 흰 종이와 검은 잉크가 있고,
드러난 것과 숨겨진 것이 있으며, 저자와 독자가 있다.
서로 상반되면서 동시에 상호의존적인 이런 요소들은 책이 닫혀져 있을 때는 드러나지 않는다.
책은 상자와 같아서, 책장이 펼처지기 전에 그것은 무뚝뚝한 한 덩이 종이뭉치에 불과하다.
책을 열면 이렇게 하나였던 것이 둘이 된다. 왼쪽과 오른쪽이, 안과 밖이, 저자와 독자가 거기서 생겨난다.
그리고 그 둘 사이에서, 낯선 한 세계의 지평선이 떠오른다.
마술사의 손바닥에서 피어나는 꽃처럼, 작은 책갈피 속에서 세계 하나가 온전한 윤곽을 드러낸다.
문학작품 앞에서 늘 그것이 경이롭다.

제 **55**회 現代文學賞 수상시집

고형렬

옥수수수염귀뚜라미의 기억 외

현대문학

| 차 례 |

수상작

수상시인 자선작

수상 후보작

심사평

예심

본심

수상소감

수상작

옥수수수염귀뚜라미의 기억 외

고 형 렬

고형렬

옥수수수염귀뚜라미의 기억 외

1954년 강원도 속초 출생. 1979년『현대문학』등단.
시집『대청봉 수박밭』『해청』『사진리 대설』『성에꽃 눈부처』
『김포 운호가든집에서』『밤 미시령』등.
〈대한민국문화예술상〉〈백석문학상〉등 수상.

옥수수수염귀뚜라미의 기억

옥수수수염귀뚜라미
80층 승강기 아래로 내려갈 땐 잠잠하다
울음을 뚝 멈추고 승강기가 기계음을 듣는다
첨단이 아닌 이런 것들이 기척할 때가 있다
수염귀뚜라미는 철봉대 근처에 있다
기계음은 그의 풀잎 가슴속으로 들어가
해마에서처럼 사라진다
해마에 기억의 흔적은 물방울 먼지처럼 남는다
소리는 사라지고 벌써 있지 않다
80층 체인이 출렁이는 소리가 벽 속에서 들린다
기술은 그 소리를 감추려고 혼신을 바친다
내 신문 같은 얼굴이 센서에 비치면
문은 비서처럼 얼른 옆으로 열린다 그리고
곁에 서서 내가 나가기를 기다린다
나가지 않으면 문은 계속 심리처럼 서 있는다
그때 햇빛이 내 파란 핏줄 손등에 닿는다
귀뚜라미가 울기 시작한다 늦여름 매미처럼
나는 갑자기 미열의 아득함으로
손바닥으로 유리창을 잡는다 가을 구름 하나

아파트 뒷산 위에 떠서 불타고 있다
마지막 불 칸나가 화려하게 단장했어라,
수염귀뚜라미 하나 내 허파꽈리에 초기 암처럼
마지막 광선 속에 울기 시작했다,
나는 너의 이름을 보고 싶어 만지고 싶어
옥수수수염귀뚜라미

비정치적 남양주시

나는 가끔 이 남양주시 메인도로를 통과했다
남양주시는 모른다, 이런 문장은 맞는 문장이 아니다
나는 이 안 되는 문장을 계속 만들려고 한다
나는 남양주시가 남양주시청과 남양주경찰서를
결코 모른다는 생각, 나는 이 이상한 생각에 막힌다
어느 시민도 이 모름을 눈치 채지 못한다
나는 오늘 정오의 햇살의 남양주시가 되고 싶었다
아니 남양주시의 햇살의 정오를 밀치고 장님의
남양주시가 되려 한다 마른 햇살의 남양주시 정오!
생각만 해도 개체의 죽음과 삶을 훌쩍 뛰어넘는 듯
시청 앞에 국화, 눈구름 냉기 알알한 늦가을
슬픔과 기다림의 감정이 삭은 남양주시의 가을 정오
하지만 남양주시의 가을은 남양주시를 알지 못해
자신이 어디 가고 있는지 모르고 통과하고 있다
나와 말은 절망 속에 햇살을 잡고 의문을 시작한다
남양주시를 방문한 나를 모르는 장님의 남양주시
남양주시가 남양주시에 있음을 나는 아슬아슬하게 믿어
그 소란한 가을빛과 언어의 남양주시를 빠져나간다
이 통과는 너무나 눈부셔, 차를 노변에 세우지만

남양주시는 가을 하늘 밑에 혼자 불타고 있다
할 말도 아주 없는, 가을도 모르는 나의 가을 남양주시
나도 남양주시가 되어가는 가을의 남쪽 남양주시
그대여 아는가 알 길 없는 내 마음의 이 가을의 언어가
오늘도 남양주시가 모르는 남양주시를 통과하고 있다

서서 별을 사진 찍다
—카메라와 나무의 12월 31일

이 지상의 마지막 저녁 해가 지고, 이 시를 발표할 땐
과거형으로 고쳐야 할까? 서쪽 하늘을 쳐다보는 이곳은
지구의 북반구 극동 반대편보다 이미 일몰을 맞는
서울 동쪽 작은 구릉,

정치와 시는 언제나 맞은편에서 미래의 이곳을 본다
나는 순간, 이 나라를 입에 담고 싶지 않아졌다
고 말하고, 사진기를 어루만진다
매일 별을 보는 비정치적 천체물리학자가 아니지만
매일 말을 쓰러뜨리는 비천문학적 정치인도 아니지만
쉿, 조용 카메라를 별에 대고 사진을 찍는다
아비는 어둠에서, 걸레가 된 시간을 주워담는다

카메라가 별빛을 상대하면 가난한 일몰에 불과함을
비켜선 지상의 단 하나 소형카메라
배나무 쪽에 가까운 나의 작은 구석방 서쪽 벽
하늘은 허공의 피사체, 젊고 아름다운 모델
궤도를 지나가는 위성의 창 같아, 저녁 하늘은 순하다
서로 허공의 포즈를 취해준다,

한 해의 마지막 눈을 씻는 초저녁 新星이다, 봐 초점을
초점은 초점에게 뭐라 속삭이잖아! 공기는 얼지 않아
저녁의 저 첫 별을 어둠 속 공기 책자에 새겨두어라
마당에 서서 반짝이는 궁륭의 별을 사진 찍을 테니!
카메라 눈동자는 찰칵, 영하 3도?

그 별과 달의 빛이 셔터의 걸림에 놀람과 동시에
상자 속 너희 알몸 부서지지 않아 광속으로 뛰어든다
서로 피해 검게 찍힌 흑백의 공기와 시간의 흔적
삼만 년, 만에 돌아온 저쪽 여름의 우리은하처럼
현실의 렌즈를 굴절하는 아픔이 아닐지라도
찰칵, 찰칵…… 지문은 대기를 끊는다, 기침하는 빛이
잘려 들어온 별이 카메라 속에 오도독 떨고 있다

한낱 인화지에 남겨지며 정치에 관심이 사라지더라도
혼자 어슬한 그 옛날 같은 초저녁 뜰
뿔이 자라 나오는 태초의 기척을 고막의 뿔은 듣는다
어떤 미래보다 깊고 먼, 신성한 남색 하늘의 메타포,
어느 해 12월 31일을 넘기지 못하게 되더라도

훗날, 이 카메라는 잊을 수 없을 것이다,
마지막 저녁을 지구의 한 그루 나무 보고 있었던 일

수박

이상하다, 이번에는 수박이다. 줄기가 기어간다. 줄기가 어둠 바닥까지 기어나갔다. 그 끝은, 가끔 개의 앞발이 돌무덤을 파던 곳. 굼벵이와 나비들이 몰래 노는 곳

어둠과 볕이 가까운, 눈멀기 쉬운 경계의 도로표지판이 서 있는 앞쪽,

그곳이 이 수박밭의 끝이다.

문득 수박줄기는 포복을 멈췄다,

더 갈까? 순이 뒤돌아본다. 참 오래 한 일이지만 무작정 간다고 되는 법이 없는 것을 안다. 잎에 가린 뿌리 쪽이 보이지 않는다. 둥지를 틀고 머리를 감아올린다. 저쪽에서 물 들어오는 소리 들린다. 두더지가 줄기라도 물어뜯는 날엔 끝장이다. 식물이라고 위험이 없는 건 절대 아니니까.

수박의 눈은 멀리 뻗어나온 귀여운 줄기 끝,

줄기 밑으론 마디가 있어, 실뿌리 마디는 땅내를 맡고. 오직 수원은 저 대한민국 양평 이 수박밭이다. 거기서만 물을 대준다. 그리고 아무도 어떻게 할 수 없는 태양이 하늘에 있는 법. 낮의 태양에 대해서 말해 뭘 할까, 그러나 수박은 태양 하나만 믿지 않는다.

그것이 제일 좋은 자율성

그러니까 이번에는 수박으로 태어났다,
뿌리는 깊지 않으나 표토의 모든 양분을 비로 쓸듯 가져간다,
퇴비, 죽은 벌레, 쇠똥, 계분. 수박이 좋아하는 이름들은 만나면
뒤섞인다.
이렇게 수박도 수박을 기르다 정이 들어, 수박밭은 골라지고
말문이 열린다.
이 평화 속에서 수박은 햇살을 수분에 섞어 당분을 만든다. 절
묘한 기술

수박밭을 기웃대는 옥수수는 내년엔 수박이고 싶은 얼굴. 식물
도 윤회하지만, 글쎄 아무나 수박이 되는 건 아닐 테지. 수박도
모르는 일이 있어, 내년엔 어디로 건너갈까?
그러나 이 밭은 내년에도 수박밭일 확률이 높다.
어림잡아 이 둑 너머는 옥수수밭. 내년에도 이 근처 어디서 우
리는, 지금처럼 수박이든 옥수수든 황금 땀방울

비가 올 것 같다. 주인이 삽을 들고 나온다. 수로를 낼 모양이

다. 수박은 다 안다.

　우리는 가만히 있으면 된다. 아프리카에서부터 수박은 늑대새끼들처럼 돌아다니며 아무 데서나 사냥하고 새끼 치지 않았으니까.

　눈 내리는 겨울, 우리가 어디 있는지 가끔 궁금해 출출할 때 있지만,

　수박은 평범한 다년생이 아니다. 녹색의 천둥 번개를 찍으며 한여름만 살다 가는 일년초다.

저 깊은 곳, 비밀 백화점에서

그 여자는 내가 얼마나 힘들게 숨 쉬고 있는지 모르는 것 같다
그 여자는 나의 숨소리를 들어본 적이 없을 것이다
이 숨소리에 모든 남자는 폭력을 사용하고 그 폭력에 분노한다
그러나 여자들은 극히 단순한 결과를 선택했는지
복잡한 과정은 여성 소비자들에겐 금물

캄캄한 터널 속을 달려가는 무호흡 쇠의 발한증
기수가 검고 탐스런 경마의 두툼한 엉덩이를 채찍으로 내리쳤다
철썩, 달라붙는 채찍자국에 피가 모였다 광속처럼 흩어진다
어둠 속에서 피 흘리며 질주하는 천마의 숨소리가 절규한다
숨구멍 속에 돋아난 검은 털들이 안으로 휘어져 빨려들어간다

그 후, 여자가 나의 숨소리를 듣는다면 나를 불러 추잡한 사랑을
강매할 것이다 여자를 욕망하게 하는 것은 저 백화점의 불빛들
그 여자는 결코 자신이 어디서 숨 쉬고 있는지 알지 못할 것이다
폐습으로 발전하는 터널 속의 발한증처럼

한번 불러본 인간 송장의 노래

목구멍에 송장을 걸고 사는 나, 송장에 빌붙어 잠자는 자
송장을 먹여 살리느라 평생을 바치는 나
송장을 업고 다니는 자들, 대대로 송장을 따라다니는 가문
쥐가 되었다, 새가 되었다 변신하는 자들
송장의 송장들, 송장뼈의 송장뼈들

대퇴골이며 다리뼈며 복사뼈며 두개골이며 손뼈며
척추며 이백여 개 괴상한 돌출의 뼈들, 뼈들
혼란스런 존재들, 불가사의한 구조, 千變萬化의 아름다움

지금은 인간인 존재들, 잠시만 인간인 존재들, 의 책 같은
고단한 죽음의 꿈을 꾸는 자들, 저 문명 바깥의
페이지가 다 붙어버린 절어붙은 커버 같은
돼지가 된다는 건 꿈도 못 꾸지, 벌레가 된다는 건 상상도 못할걸
돌이나 쇠붙이처럼, 인간들은

그런 인간들은 하지만, 화려한 변신을 돌리는 회전부채의 존재들
마술의 거짓말들, 도시 냄새를 풍기는
돌아도 돌아도 더 새로워져, 무한히 낡지 않는

무한궤도 같은, 죽어 새로 태어나는 존재들, 몸을 바꾸는 이상한
존재들, 원래부터 그랬던 이름들 나, 그들

인간, 그것의 사이에 있는 인간들
형상의 껍데기를 찾아 자신의 몸을 끼우고 송장을 허파 속에
거는
거지 생명들, 거지 행적들, 거짓 진실들, 거짓 실재들의 현실,
거리
어둠의 횡단보도를 절뚝이는 外套 속의 남자
이것만이 의심할 수 없는 나, 통쾌한 나, 나
저 자연의 여여함이 얼마나 싫증나고 아름다운가

죽음은 이런 꿈을 망각으로 처리하기 위한 게임임을 인정했다
목구멍에 송장을 걸고 돌아와, 평생 같이 잠잘 꿈꾸는,
곤한 자들

수상시인 자선작

달개비들의 여름 청각

오늘은 죽을 먹는 토요일이다

어둠 속에서 너를 만난 뒤

붕새처럼

풀이 보이지 않는다

가재

손톱 깎는 한 동물의 아침—불가능한 상상의,

우리 집 전신거울 여자

달개비들의 여름 청각

낮달 아래 손 잘려 도회로 팔려나간
둑 아래 청미나리 자랐던 무논 둑에 무리 지었다
여름을 건너가던 달개비들이 물소리를 듣고 있다, 덩굴져
먼 저수지에서 해갈 방류를 하면
달개비들이 눈을 뜨고 꽃도 피우지 않고 물을 기다린다
차르르 차르르 한 번씩 꿀꺽, 물을 끊는 소리
온통 달개비들이 넌출거리는 물 마시는 물소리 듣는다
푸르르 푸르르 진저리 치고 온 머리를 흔들어대며
헉, 헉 저 물달개비들이 얼굴을 묻는 여름 개울둑 아래
자신들의 날갯죽지 속으로 숨어든다 부끄러운 듯
물을 튀기며 물속 흰 자갈들 밟고 튀는 햇살들
떨어질 듯 고개 깊이 숙이고, 해갈 속에 일제히 주먹을 쥐듯
그만 보라색도 아니고 백색도 아닌 큰 화개 위의
연하늘색 꽃총상들 눈 감고 꽃잎을 묶는다
조용히 있어야 집중되고 물이 올라온다는 걸 안 풀줄기들
물소리, 아 물달개비들 날갯소리, 여름의 물 아우성
고무판 노란 오리발갈퀴가 뒤로 회똑 뒤집히면서 앗
몸이 출렁여, 온 태양의 들판엔 물질이 한창이다
햇살 속에 입맛을 돋우는 푸른 혓바닥 달개비 발바닥

청각에 풀을 들이고 마디 푸릇한 달개비 생을 추억할 적에
달개비들 청각은 녹색 시각에서 피어난다
물마디 굵도록 기갈 속에서만 네 동그란 입술은 통통해져
달개비들 넋 놓고 물을 먹는다, 독한 초록의 뿌리들
양가죽빛의 목덜미를 하얗게 내놓고

오늘은 죽을 먹는 토요일이다

토요일은 죽을 끓여 먹는 날, 싱크대 앞에 서서.
죽을 먹는 토요일은 진짜 죽이 된다, 죽만 남는다.
나는 죽사발을 들고 앉아 맛나게 떠먹는다.
그 순간, 모든 경전은 조용, 나는 문득 장님이 된다.
외팔이에 절름발이에 엉정벙정.

밥을 넣고 끓인 죽을 먹으면 나의 혀는 순해진다.
독설과 요설이 사라진다, 모든 꿈과 원이 죽는다, 죽처럼.
순해져 악한 내 마음의 뿌리가 통째 뒤흔들린다.
아 한 그릇의 죽을 들고 서 있는 詩夫여,
이 죽을 배우고 이 죽에 감사드리라, 어서.
토요일은 粥日이라네, 알곡밥을 먹지 않고 죽을 쑨다네.
곱은 불로 죽을 잘 쑤어, 잘 바스라뜨려 다스린 뒤
알곡이 없어졌을 때, 턱만 한 헌 주걱에 떠 받아
양지녘 한쪽에 가 앉아 고양이처럼 오직 죽만 먹는다.
담뿍, 담뿍. 왼손인 양 오른손으로.

나는 죽이 된다, 죽이라야 경계심이 죽는다.
육체 한쪽에 죽의 위만 달처럼 그릇처럼 남는다.

나는 이렇게 언제나 죽을 먹는 토요일에 도착한다.
저 죽을 먹고 앉은 화상을 보라, 토요일이다.

어둠 속에서 너를 만난 뒤

영생토록 서울의 어둠 속에서 살아갈 것이다

나는 이미 백 년 전, 추잡한 도시의 맹수로 전락했다
미친 이빨을 드러내고 물어뜯는 야차가 되었다
울고 나서 나를 사랑한다 거짓을 고백한다
너의 고백을 받고 밤새 올려놓은 내 안의 도자기는
바람처럼 허공으로 사라진다
없다, 텅 빈 내 머리만 이 도시에 남아 떠돌아다닌다
아무도 없는 뒷산 성채처럼
우리는 내일이 없다, 내일의 우리는 없다
밤보다 두려운 태양은 용혈수의 갈비뼈를 빠져나간다
살해를 침묵하는 대낮의 피투성이 도시
수면 중인 저주의 피를 받아 광속으로 달려갈 것이다
기아의 송곳니와 무서운 진동의 거대 자궁으로

어둠의 서울, 사라진 텅 빈 내 머리 위의 백도자기
1,500도 불도자기 하나만 걸어가고 있을 것이다
환멸과 분노 속에서…… 이글거리며, 저 빛의 도시를
내 주먹은 심장 밖을 치는 돌이 된다

오늘도 너의 폭력 속에 나는 배를 타고 떠나간다

붕새처럼

붕새처럼 어느 날 문을 박차고 날아가버릴지 모른다
단말마와 싸우지 않고도 마당에서 훨훨 날아오를 것 같다
깜짝 놀랄 두 날개를 활짝 펼치면서

찻잔과 사전, 컴퓨터와 유리창, 용마루 모든 것을 부수고
뒤도 돌아보지 않고 후닥닥후닥닥
날개를 쳐 뛰며 날며 뛰쳐나갈지 모른다

나는 내가 두렵다 이 불안한 상상이 간혹 무섭다
그러나 사실 모든 생명은 어느 날 갑자기 떠나지 않았던가
꿈속에서 필요한 건 아무것도 없었다
낮의 환몽 속에 더 많은 것을 진열하려 하는 나에겐

겨드랑이 안쪽 폐 속에 구겨넣어진 삭제된 꿈
숨소리는 날개를 기억하고 돌연변이의 징후가 꿈틀거린다
붕새가 아니라면 한 小鳥로서 너무나 가벼운 몰록은
10그램의 새가 되어 포르르 나뭇가지를 박차고
저쯤에서 사라질 것 같다
오늘 아침은,

망념이 된 거울처럼, 갑자가 날개가 튀어나올 것 같다
몽땅한 두 팔이 돌연 커다란 날개가 될 것 같다
이슬이여, 책이 된, 나의 망각의 날개여
가방이 된 나의 날개여

풀이 보이지 않는다

어느 날 풀이 보이지 않는다, 나는 놀란다

풀들에게 눈이 있었다, 계속 풀을 뽑아 던지자 풀들이 눈치가
생겼다
풀들은 없어진 것이 아니고 어딘가로 숨는다, 나는 처음엔 은
유를 알지 못했다

풀들은 나의 발자국 소리를 들으면 지금도 두려움에 떤다

풀들을 찾는다, 풀들이 보이지 않는다, 풀들이 사라졌다, 풀들
은 영민해지고 나의 눈은 어리석어졌다, 낮 속에서 풀들은 밝아
지고 나의 눈은 어두워진다
이 둘은 끝없이 도망하고 추적한다

나는 풀들에게 모든 것을 노출한 채 잔디밭에 앉는다, 한숨 쉰다

풀들은 광선 같은, 어둠 속 눈부처의 움직임에 존재하며 존재
하지 않는다 그 법을 그들은 체득했다, 나는 제자리걸음이다

나는 이제부터 이 끓음의 제자리걸음으로 버틸 작정이다
풀들은 보이지 않는 박테리아보다 민감하게 움직인다
그러니까 풀들은 나의 눈에서 눈 깜짝할 사이 사라진다, 하지
만 나는
풀들이 어딘가에 들어가 있다는 것을 알고 있다

나는 그 나이, 이제 풀의 소리를 듣는다

가재

그대 눈 속에 화염이 지나간다
큰 앞발을 높이 치켜드는 숭어 등빛 돌들 사이에서
갑옷을 입은 무거운 기사처럼
그대는 자신의 더듬이가 나가는 수면을 걱정했다
너무나도 섬세한 몸짓으로 부재의 불을 피한다
끔찍한 상상을 건드린 척추처럼 놀란다
맥반석보다 더 맥반석 같은 놈들의
거대한 집개발톱 그 뒤에 자신들도 모르게 붙은 몸체의
숭숭한 털 같은 다리들, 구부려, 본다 눈은
실은 이 감각기관으로 저 자연을 생존해왔지만
지금 그들은 상상 노을 속의 심장 속 1그램 피는
칼끝에 닿는 절규처럼 타들어간다
그 끝에 죽음이 있다는 것을 어떻게 알았을까
가재들은 최초로 겁먹은 눈빛으로
물 밖을 내다보았다, 거기 공기들이 휘휘 화염처럼
저승사자의 음악을 켜며 수면을 지나가고,
지나가는 수면을 흔들어대자 수면은 출렁인다
아 불이다, 알 길 없는 불가사의 한 불길
가재들은 전율한다, 나뭇가지들이 수초가 흔들리는

것을 본 가재들, 불덩어리 가재들
말해, 우리는 어떻게 이 물속 돌 틈에서 살게 되었는가
이 작은 상류를 독식해 살았으나 숨을 곳이 없다
송장메뚜기 짧은 앞발모양 입가의 작은 더듬이들,
쉴 새 없이 본능적으로 오물거리는 항문 끝의 작은 입,
수국잎보다 귀여운 헤엄다리들,
생식문과 항문 사이 뱃바닥에 닥지닥지 붙은 물방울 알들,
더러운 비둘기 꼬리 속 꼬리지느러미를,
마지막 미끄러운 돌바닥에 끌면서 광속처럼 증발되는
상류에서 가재들은 묻는다,
우리는 이제 다시 뒷걸음질을 하지 못한다
우리가 왜 여기서 죽어야 하는가!
(고작 절규할 뿐이다 상상 절규, 나는 이 물속에서 내가
얼마나 재빠르고 아름다운 그림자들을 데리고 어디로
사라졌는지 감히 상상할 수가 없다)

손톱 깎는 한 동물의 아침

―불가능한 상상의,

담천의 서울 한 아파트 거실에서

한 동물이 허리를 구부리고 고집의 발톱을 깎고 있다
딱, 딱, 딱. 손톱 끊어지는 소리 절벽 밖으로 사라진다
그의 생에서 유례가 없는 평일, 그는 자신이
생각하기도 전에 자신이 동물이라는 사실을
내심 확인하고 즐거워한다 왜 그는 이렇게 된 것일까
자신을 동물이라 생각하는 순간, 성선설이 맞는 것 같다

하, 나는 동물이다 발톱을 깎는, 무릎을 세우고
아주 세심하고 사색적으로, 흐린 아침 공기를 마시며
부족함이 없다, 그 발톱은 벌써 늙었으나
그것은 그가 이 도시에서 많이 걸어왔다는 것을
유일하게 그가 동물이라는 사실을 말해주는 증표다
어떤 시들은 그 까닭을 표하지 않고 끊어버린다
동물의 이 시도 그런 류의 시에 해당하는 것 같다

獸心은 벽을 타는 빗방울 소리를 듣고 있다
조용, 이제 손톱을 자른다, 손톱은 희고 길고 귀엽다

종목을 횡목의 칼날이 끊는다, 손톱이 톡, 톡, 톡.
무엇부터 쓸까, 동물은 잎처럼 너울, 너울거린다
손톱을 깎는 아침은 모든 것이 틀려먹었다 생각한다
인간으로 이의 없이 살아가고 있는 지금처럼
우리는 최선의 문명으로 진화되어왔다고 믿는다

내가 동물의 기억을 하는 것이 아니라
원래 나의 동물이 인간의 나를 기억하겠느냐는 것으로서
나여, 고개를 숙이고 발톱 깎는 아침은 하여간 염염해

우리 집 전신거울 여자

우리 집에 낯익은 한 여자가 계속 살고 있다 나는 아직도 이 여
자의 근원을 모른다

그 여자의 커다란 거울 한 채가 집에 서 있다 여자가 우리 집에
올 때 사 온 전신거울이다

여자는 그 거울 앞에 가서 거울을 본다 전신거울 속에 여자의
전신이 다 비친다

이 거울은 자신의 얼굴을 맞춰보는 영혼의 집, 가족은 모두 저
평면거울에서 태어났다

해 뜰 때 거울의 눈부심은 헤드라이트 같아 여자는 거울 앞에
서 자기 비밀을 확인한다

여자는 거울 앞에서 항상 뭘 꿰매는 것 같았다 매일 손의 솔기
가 터졌던 모양이다

여자가 본질을 아는 것은 재미없다 여자가 길을 찾는다는 것도
합당한 표현이 못 된다

우리 집 전신거울은 한 여자의 육체, 이 낯선 여자는 결코 길을
찾은 적이 없었다

과연 전신거울 뒤엔 무엇이 숨어 있는가, 어느 날부턴 거울에
반점이 돋기 시작했다

이 여자는 그 여자로 지칭이 변경되었지만 결국 그 점과 점 사
이도 점이 되고 말았다

그 여자는 거울 앞에 우두커니 서 있게 되었다 우리 집 안의 전
신거울 속의 거실처럼

거실을 지나다니는 가족들의 한낮의 발처럼 우리 집엔 전신거
울 한 채가 서 있다

수상 후보작

박정대

러시아 혁명 호텔 외

1965년 강원도 정선 출생. 1990년 『문학사상』 등단.
시집 『단편들』 『내 청춘의 격렬비열도엔 아직도 음악 같은 눈이 내리지』
『아무르 기타』 『사랑과 열병의 화학적 근원』.
〈김달진문학상〉 〈소월시문학상〉 수상.

러시아 혁명 호텔

러시아 혁명 호텔은 낡았다
스팀에서는 가끔씩 새들이 날아가는 소리가 들린다
자정 너머 라디오에서는 자작나무 쓰러지는 소리도 들린다
밤새 긴 철로를 따라 화물열차가 흘러갔을 것이다
러시아 눈발들은 기침 소리를 내며 떨어진다
러시아 여자들도 담배를 피워 물고 헛기침을 한다
그녀들이 뱉어낸 침 속엔 러시아의 깊은 밤이 고여 있다
러시아의 밤에 나는 낡은 나를 생각한다
내 속의 낡은 고독을 생각한다
내 속에서도 밤새 새들이 날아가는 소리며
자작나무 쓰러지는 소리가 들린다
소리들은 가끔 음악이 되기도 한다
나는 그 음악을 시로 바꾸어보기도 한다
나의 사랑은 낡은 러시아 혁명 호텔을 닮았다
나는 밤새도록 러시아 혁명 호텔에서 사랑을 한다
러시아 혁명 호텔 전체가 삐걱거리기도 한다
사랑은 간혹 낡아서 삐걱거리기도 하는 것이다
삐걱거림이 음악이라면
러시아 혁명 호텔이 한 대의 거대한 악기였던 것이다

창문을 열고 망가진 하늘의 컴컴한 폐부에
내 뜨거운 키스로 단 한 줄의 시를 쓰는 밤
아무리 생각해도 러시아 혁명 호텔은 낡았다
낡아서 사랑이다
아니 사랑이어서
오래도록 천천히 낡아갈 것이다

계속 혁명 게르

여기는 〈컨티뉴어스 레볼루션 게르〉

텔레폰 성냥의 불꽃으로 전화하세요

혁명은 계속됩니다

어떤 종류의 혁명이냐구요

그건 당신이 정하세요

혁명의 주체는 당신이니까요

당신이 혁명을 꿈꾸는 한 혁명은 계속됩니다

별들이 밤하늘에 빛나는 한

말들이 대초원을 계속 달려가는 한

한 생애의 눈발들을 다 맞고 난 뒤에도

여전히 당신을 위한 겨울은 준비되어 있으니까요

꿈? 꿈이라뇨

이건 혁명에 관한 이야기죠

당신이 그토록 오래도록 꿈꾸던

바로 그 혁명에 관한 레시피

리스본의 벼룩시장인 〈여자 도둑 시장〉에서

당신이 진짜로 여자 도둑을 보았다고 생각한다면

당신은 여전히 혁명을 꿈꾸고 있는 거죠

뭐라구요

리스본엔 가본 적이 없다구요
아예 여권도 없다구요
지금 당장 만들어드리죠
텔레폰 성냥의 불꽃으로 전화하세요
폭설에 의해 고립된 당신의 밤을
확실히 해제시켜줄 여권을 만들어드리죠
여권을 열면 무슨 노래가 흘러나오게 해드릴까요
수아드 마시?
프랑수아즈 아르디?
아말리아 로드리게스?
그건 당신 취향대로 하세요
당신의 여권에서 흘러나오는 노래에 따라
출입국이 통제될 수도 있을 테니까요
가령 당신의 여권에서 파두가 흘러나온다면
리스본의 높은 언덕 바이루 알뚜의
〈클루브 데 파두〉로 당신을 안내해드리지요
28번 전차를 타고 가면 돼요
붉은 지붕들 사이로 난 작은 골목을 따라
빨래들이 나부끼는 방향으로 가면

밤의 파두 클럽들이 나오지요
파두는 바다의 노래
파두는 밤의 노래
파두는 어쩌면 당신 여권에서 흘러나오는 노래
여기는 〈계속 혁명 게르〉
텔레폰 성냥의 불꽃으로 전화하세요
혁명은 계속됩니다
가령 당신이 오지 않는 밤이면
나는 천문관측소 계단에 앉아
탕헤르로 떠난 배의 안부를
별들에게 물어보기도 하지요
카시오페아는 더블유
큰곰자리는 세븐
아임 미싱 유니까요
황도십이궁을 따라가며
새들은 계절의 혁명을 노래하죠
리스본에서 블라디보스토크까지
톡톡, 이야기는 계속 이어지죠
그런 얘기 하나 들려드릴까요

아주 긴 이야기
당신이 내 이야길 듣다
고요히 잠들 수 있는 이야기
끊임없이 이어지는 밤의 이야기
당신은 어떤 이야길 좋아하나요
당신의 취향을 알아야 이야기를 계속할 텐데
밤은 참 짧아요
그리고 이젠 나도 잠들어야 하니까요
그래요, 오늘 못한 이야기는 다음에 하지요
다음 이 시간엔
〈진부 필름 스튜디오〉
창설사에 관한 이야기를 해드릴까요
아니면 블라디보스토크역 근처에 있는
〈타오르는 마음의 혁명 호텔〉 이야길 들려드릴까요
당신이 선택하세요
혁명의 주체는 당신이니까요
텔레폰 성냥의 불꽃으로 전화하세요
혁명은 계속됩니다
그래요, 지금까지 여기는

라디오 〈계속 혁명 게르〉였어요
잘 자요, 당신
EL CHE VIVE!

슬라브적인 저녁

초저녁별들이 사그락거리며 돋는 저녁

빅토르 최가 부르는 슬라브어로 된 노래를 들으며 그 음색에 서서히 취해가는 저녁이다

목소리가 편안한 의자 같다면 그 목소리에 걸터앉아 술이라도 한잔 마시고픈 저녁이다

푸른 전등 앞에 앉아, 푸른 전등의 저녁을 켜두고, 마음아, 넌 지금 어디로 가고 있니, 우랄알타이어로 나직이 물어보는 저녁이다

문지방에 턱을 괴고 엎드려 졸고 있는 작은 늑대의 저녁이다

밥 짓는 저녁연기처럼 담배연기가 피어올라 허공에서 한참을 머뭇거리는 가을 저녁이다

저녁이 되면 길거리를 떠돌던 작은 호랑이들은 어디로 귀가할까, 쓰다듬어주고 싶은 착한 털들을 가진 저 작은 호랑이들은 저녁의 어느 바위틈에서 잠드는 걸까

내 속삭임의 가지 끝에서 우랄알타이어가 갈색 어둠으로 물들어가는 저녁이다

그 옛날에 나는 나와 나타샤와 흰 당나귀를 다 떠나와, 이제는 내가 슬라브 처녀 대신 슬라브어로 된 노래를 듣는 고요한 저녁이다

푸른 전등 앞에 앉아 낮은 숨결로 내 고독의 기원에 대해 물어보는 저녁이다

서늘해서 뜨거울 것만 같은 슬라브식 연애를 생각해보는 저녁이다

우랄알타이어로 써보는 시

슬라브적인 저녁이다

짐 자무시 1-67 중 일부

(『리 마빈의 아들들 인터내셔널』誌에 이어서 계속)

12

　내 정신과 육신의 모든 세포들이 그대 쪽으로 나부끼는 밤, 이
라고 그대는 『리 마빈의 아들들 인터내셔널』지에 썼던가, 라일라,
지금은 황금 물고기의 시간, 나는 여섯 살의 노을에서 황금 물고
기를 보았네, 그 물고기의 비늘을 스치는 바람으로부터 나의 생은
오네, 라일라, 지금은 황금 물고기의 시간, 나의 생은 레몬버베나
의 이파리를 스치는 바람으로부터 와서 푸른 담배연기 끝을 달리
는 창백한 말들로 사라지네, 라일라, 해질녘의 창가에 앉아 나는
오늘도 나의 외계에서 지고 있는 삼만 팔천 개의 노을을 보네

13

　『리 마빈의 아들들 인터내셔널』지에 발표한 열한 개의 행성들
에도 저녁이 오고 있을까, 나는 이번엔 또 우주를 떠도는 몇 개
창백한 말들의 행성을 소환하여 『아프리카인』에 발표할 계획이
야, 시커멓고 뜨거운 커피를 마시면 난 내가 정말로 아프리카인
이 된 듯한 기분이야, 그대라면 이해할 수 있겠지, 캄캄한 피부
속으로 뜨거운 피가 흘러 아프리카 북부 해안에 노을로 가닿는

이 느낌, 그래, 이번 행성들로는 무가당 담배클럽 버전으로 무삭
제판 「흑인 오르페우스」를 만들어 『아프리카인』에 발표할 거야

14

　여분의 행성들로는 뭘 하지, 행성들의 이면에 기록해놓은 것들
은 연금술사 동맹에 보내려고 해, 말이 동맹이지 연금술사들의
동맹이란 고독의 동맹이지, 삶의 비의를 끊임없이 천착하는 솔리
튀드 동맹, 그들이 만들어내는 두 개의 무크지 중에 한 곳에 보내
려고 해, 『컨티뉴어스 레볼루션』과 『데카브리 지즌』 말이야, 12월
당원인 데카브리스트들과 시의 연금술사들과의 차이점이 뭔지
그대는 아는지, 그건 자신의 피를 혁명의 불꽃으로 바꾸려는 것
과 시로 바꾸려는 것의 차이지, 그래, 본질적인 혁명이란 어쩌면,
불면의 시로 불멸의 혁명 그 불꽃을 피워올리는 거

15

　나는 혁명의 와중에도 나의 삶, 나의 연애를 잃고 싶지 않았다,
궁극적으로 혁명이란 내가 담배 한 대를 맛있게 피울 수 있는 여건

을 마련하기 위한 것이니까, 라고 내 생각을 기록하는 동안 창가
로는 슬라브적인 저녁이 왔네, 내 영혼의 돛배가 아프리카 해안
을 떠나 카스피해 연안에 다다르는 동안에도 빅토르 최는 여전히
슬라브어로 노래를 하고 나는 우랄알타이어로 내 고독의 기원에
대해 말하네

16

　그대는 르 클레지오의 글을 읽고 나는 빅토르 최의 노래를 듣
는 저녁, 빅토르 최는 나의 글을 읽고 르 클레지오는 그대의 노래
를 듣는 저녁, 검은 염소떼의 어둠을 몰고 저녁은 창가로 내려오
네, 창밖이 어두워지면 삶은 조금 더 환해지는 것일까, 찻물을 끓
이고 감자를 삶는 지금은 창문을 조금 열어 외계와 은밀히 내통
하는 시간, 푸른 밤을 여울져가는 갸륵한 숨결들의 시간

17

　대낮의 등뼈 뒤로 밤이 오고 밤은 조금 웅크린 채 착한 짐승처
럼 깊어가네, 내 등골에 방금 당도한 지구, 푸른 전등 앞에 한 잎

의 저녁을 켜두고 내가 고요히 그대를 생각할 때, 바람의 악사들
은 창문을 마두금처럼 연주하네, 투명한 유리 속에서, 그래, 이제
조금씩 휘날리기 시작하는 눈발들, 눈발 속을 달려가는 창백한
말들, 그래, 그대는 지금 바야흐로 내 등 뒤에 도착한 톱밥난로와
스웨터의 시간

18

　슬라브적인 영혼들이 저녁의 창문을 조금 열어두고 담배를 피
워 무는 여기는 12월당, 데카브리스트, 데카브리스트, 밤새 눈이
내려 불꽃같은 생을 모의하는데 추운 밤의 심장을 가르며 날아가
는 담배연기의 선언문, 생은 은밀한 혁명이어야 한다, 혁명을 덥
히는 뜨거운 불꽃은 오직 그대 숨결로부터 와야 한다, 슬라브 지
붕 아래서 밤새 잠들지 않는 연인들이 슬라브, 슬라브, 슬라브식
연애를 이어가는 여기는 12월당, 데카브리, 데카브리, 눈 내리는
백야

19

　필터 없는 골루아즈 담배를 피우는 밤, 골루아즈 골루아즈 담
배연기처럼 눈발 휘날리네, 새벽은 깊고 어두워 잠들지 않은 영
혼들이 하염없이 바라보는 지구의 내면, 오래된 지구의 내면을
말달리는 내 영혼의 동지들, 이 시각에 무슨 회합이라도 있나, 러
시아에서, 프랑스에서, 베를린에서, 티베트에서 급하게 타전해
오는 눈발들, 눈발들의 모스부호를 고독고독 해독하고 있는 여기
는 무가당 담배클럽 다락방 분소

20

　헬싱키 나폴리에서 밤새도록, 잠파노는 젤소미나에게, 잠파노
잠파노 잠파노는 밤새도록 밤새도록 젤소미나에게, 밤새도록 잠
파노는 젤소미나

21

　나는 아무것도 아닌 것에 대해 얘기할 테고, 오늘 내 이야기의 주

제는 아무것도 아닌 것입니다, 그래서 내 얘기를 들어도 우리는 아무 데도 이르지 못하고, 나는 아무것도 아닌 것에 대한 이야기를 할 뿐이죠, 잠을 자고 싶은 사람이 있다면 눈치 볼 것 없어요, 왜냐하면 난 여전히 아무것도 아닌 것에 관한 얘기를 하고 있을 테니까요, 자리를 뜨고 싶으면 그렇게 하세요, 우리는 여전히 어디에도 이르지 못한 채, 아무것도 아닌 것에 대해 얘기하고 있을 테니까요, 라고 존 케이지가 말하고 있을 때, 나는 '뭔가'를 생각하기 시작했다

22

전 항상 주변부에 있는 것들에 끌려요, 주류가 아니고요, 개인적 취향이 그래요, 주류는 그다지 관심을 끌지 못하죠, 벨라 바르톡 같은 사람을 한번 생각해보세요, 그는 자신의 음악을 끝내 인정받지 못한 채 뉴욕에서 비참하게 생을 마쳤어요, 프란츠 슈베르트 역시 가난 속에서 죽었고, 아무도 그의 음악에 관심을 갖지 않았죠, 윌리엄 브레이크도 그렇고요, 오직 첫 시집만 생전에 공식적으로 출간했을 뿐 나머지는 모두 소책자형식으로 자비출판을 했죠, 그래요, 그래서 창밖에는 잠시 눈이 그친 거예요

23

　하얀 눈발에 뒤덮인 창밖을 보다 보니 고다르가 한 말이 생각
나네요, 그는 극장과 비디오의 차이를 묻는 말에 이렇게 대답했
어요, '*극장에서는 스크린을 올려다보고, TV는 내려다보죠*', 라고
요, 나는 새벽의 창문을 열고 눈 쌓인 세상의 TV를 내려다봐요,
담배가 다 떨어져가요, 눈발도 다 떨어져가요, 시를 쓸 수 있는
나의 새벽이 다 떨어져가요

24

　지금은 아득히 멀리 있는 사람들을 생각하는 시간, 알랭 로브
그리예 氏는 잘 지내고 있을까, 문득 로브그리예 氏의 근황이 궁
금해지는 새벽, 나는 나의 누보로망 같은 한 편의 시를 적어나가
고 인적이 드문 새벽 거리로는 45도 각도로 여전히 히끗히끗 눈
발 휘날리는데, 내가 바라보는 지구의 새벽을 덮으며 눈이 내릴
때 지금 이 지구의 대척점에서는 누군가 또 파도치는 해안의 종
려나무를 바라보며 글을 쓰고 있을 텐데, 로브그리예 氏, 뚜생 氏
는 잘 있나?

25

　그녀가 나에게 집이 어디냐고 물었을 때 나는 대답했네, 나의 집은 그녀, 나의 집은 가난한 그녀, 혀 속에 꿈꾸는 말들을 간직한 그녀, 눈동자 속에 이 세상에서 가장 맑은 물방울을 가진 그녀, 밤이면 꿈꾸는 말들을 타고 달빛 아래 초원을 달리는 그녀, 밤새 초원을 말달리며 영혼의 국경을 돌아보다 새벽이면 다시 나의 숨결 속으로 돌아오는 그녀, 발칸의 슬픈 전설 같은 그녀, 흉노족 같은 그녀, 나밖에 가진 게 없어서 세상에서 가장 가난한 그녀, 그녀가 나의 집이라고 나는 감히 심장의 불꽃으로 대답했네

26

　작은 늑대들의 밤, 작은 호랑이들의 밤, 우랄산맥과 알타이산맥의 깊은 밤, 눈발이 그친 밤하늘엔 별들이 총총, 무장무장 독립투쟁을 하는 여기는 내 마음의 파미르고원, 새벽이면 먼 리스본으로부터 타전되어 오는 대칭의 별 세 개, 변형된 코드의 저녁들, 나의 임무는 비교적 간단한 것, 세계의 변방으로부터 타전되어 오는 암호를 해독해 행성의 이면에 기록하는 일, 밤새 오늘의 운

세를 작성하여 아침의 요원들에게 전송하는 일, 새들의 깃털 속
에 태양으로부터 온 한 점의 열기를 새겨두는 일

27

　　낙타는 사막의 배라고 했던가요, 그러나 낙타에 앉아 흑맥주를
홀짝거리는 검은 밤이면 나는 고비와 타클라마칸을 지나 아프리
카의 사하라로 가요, 내 혈액형의 일부는 그곳으로부터 왔어요,
뜨거운 모래의 심장으로부터, 한밤에도 식지 않는 태양의 기억으
로부터, 사막을 횡단하던 낙타의 뜨거운 발바닥 그 견딜 수 없는
생으로부터요, 낙타가 사막의 배라고요, 다시는 그런 배부른 소
리는 하지 마세요, 낙타는 사막의 시예요, 온몸으로 온 발바닥으
로 이번 생을 횡단하는 가장 뜨거운 시

28

　　존 레논이, 자신은 지구가 아닌 다른 행성의 시민임을 기자회
견에서 공식적으로 발표할 때 백남준의 문상객들은 자신들의 넥
타이를 잘라 백남준의 관 속에 넣어주고, 존 레논이 부대자루 인

터뷰를 할 때, 남준 백은 바이올린을 강아지처럼 데리고 신대륙
을 산책하지요, 어차피 다 외계인일 테지만 한 사람은 자꾸만 지
구의 바깥으로 나가려고 하고 또 한 사람은 자꾸만 텔레비전 속
으로 들어가려고 하지요, 그럴 때면 지구에 홀로 남은 여자들은
부드럽게 자신의 다리를 벌리고 그녀의 가장 깊은 곳으로 세상의
모든 저녁을 집어넣어요, 그래요, 오늘 저녁의 메뉴는 아마 감자
와 양파와 김치를 숭숭 썰어넣은 맵고도 달콤한 수제비가 될 거
예요, 하루 종일 다른 행성에서 외계인들을 인터뷰하던 센티멘털
실업동맹의 인터뷰어가 지구로 귀환하고 있는 현재시각은 행성
시각 1905시 2046분

29

　　외로운 불꽃이여, 나는 홀로 있다, 라고 트리스탕 차라가 말했
을 때 나는 그 '불꽃' 대신에 그 자리에 아름다운 '보지' 하나를
그려넣고 싶었을 뿐이에요, 이 세계는 의미심장한 것도 부조리한
것도 아니다, 다만 존재할 뿐이다, 라고 알랭 로브그리예가 말했
을 때 나는 역시 그 '세계'의 자리에 '그대'가 있었으면 좋겠다고
생각했을 뿐이에요, 나는 멍청한 년처럼 외롭다, 내 보지와 함께,

라고 미셸 우엘벡이 말했을 때 나는 존재했다, 나는 더 이상 존재
하지 않았다, 삶은 실제적인 것이었다, 라는 그의 말을 나는 누군
가와 함께 고조곤히 읽고 싶었을 뿐이에요, 이 행성에도 겨울이
오고 있었으니까요

30

「흑인 오르페우스」는 잘돼가냐고 『아프리카인』에서 연락이 왔
네, 그래서 나는 지금 「슬라브식 연애」를 구상 중이라고 대답했
지, 그랬더니 그러면 사진이라도 먼저 좀 보내줄 수 있냐고 『아프
리카인』에서 다시 연락이 왔네, 나는 내가 사는 동네의 슈퍼마켓
에서 흑백필름 한 통을 구해 짧은 메모와 함께 『아프리카인』으로
보냈지, '인화되지 않은 그 필름 속에 내 사진과 「흑인 오르페우
스」의 원고가 다 들어 있으니 좋은 책 만드쇼, 그럼 이만 총총'

31

그대에게 편지를 쓸 때마다 그럼 이만 총총, 이라고 나는 썼던
가, 지금 생각해보면 바쁜 일도 없는데 나는 왜 늘 그렇게 썼던

가, 생각해보니 자꾸만 미안해지는 지금은 새벽이 깊어가는 시
각, 나는 이제사 고요히 그대를 생각하네, 밤새 끓어오르던 주전
자 속 혁명의 물결도 잠잠해지고 내가 기르는 작은 늑대도 이제
는 깊은 잠에 곯아떨어진 시각, 마지막 커피를 마시고 이제는 나
도 잠들 시각, 그러니 여전히 나의 외계를 떠도는 그대여, 이제는
내게로 오라, 비록 꿈속 한줄기 영혼일지라도

32

　　그대가 『리 마빈의 아들들 인터내셔널』지에 썼던 구절을 그대
허락도 없이 변형시켜, '내 영혼과 육체의 세포가 전부 그대를 향
해 나부끼는 새벽'이라고 쓴 한 줄짜리 시를 『계속 혁명』지에 보
냈지, 그랬더니 『계속 혁명』지의 편집장 조르단스키 氏는 그 작품
이 아마 나의 대표작이 될 거라는 소견을 보내왔더군, 또 『타오르
는 마음의 남쪽 혁명』지에서 보내온 청탁은 정중히 거절했지, 그
래서 지금 나는 여전히 「슬라브식 연애」만 골똘히 구상 중, 왜 나
는 지중해식 연애나 우랄알타이식 연애가 아닌 슬라브식 연애에
만 골몰할까, 글쎄, 글쎄라는 표현은 내 영혼의 클리쉐라니까

33

고독의 편차, 딜런, 가령 그런 이름들이 주는 파토스를 생각해
보는 새벽이 있어요, 딜런 토머스와 밥 딜런의 차이, 로맹 가리와
에밀 아자르의 차이, 페르난두 페소아와 알베르토 까에이로의 차
이, 생의 간격, 이름들과 이름들의 틈 사이에서 중력을 견디는 아
름다운 영혼들을 생각해보는 새벽이 있어요, 가령 무가당 담배클
럽과 센티멘털 실업동맹의 차이

34

여기는 다시 내 영혼과 육체의 세포가 전부 그대를 향해 나부
끼는 밤

대낮을 생략한 여기는 비밀결사 '리 마빈의 아들들 인터내셔
널'의 또 다른 밤, '리 마빈의 아들들 인터내셔널'은 '무가당 담
배클럽'의 또 다른 점조직, 영혼의 세포

이 글의 필자는 리산, 파미르고원의 통신원, 새들의 깃털 속에

태양으로부터 온 한 점의 열기를 새겨두는 자

(다음 호에 계속)

한 잔의 리스본

담배연기의 자정, 끓는 물에도 가능성은 없다

회전하는 환등기의 북회귀선 그리고 한 잔의 리스본

한 잔의 커피 한 잔의 겨울 한 잔의 당신

한 잔의 눈물을 마셔도 여기는 담배연기의 자정

끓어넘치는 생각의 대양, 갈매기들의 주점, 괭이갈매기들의 북
회귀선

한 통의 엽서 한 통의 유서 한 통의 국경 한 통의 노래

한 모금의 담배연기, 끓어오르는 물에도 가능성은 없다

밤의 북회귀선을 넘어가는 한 모금의 야간비행

편도선, 끓어오르는 열점의 경계에서도 가능성은 없다

한 통의 구름, 한 병의 눈물, 한 잔의 리스본

타인의 취향

아네스 자우이의 영화, 우아하게 적셔주는 코미디 「레인」을 보면서 당신은 울었다

「히말라야, 바람이 머무는 곳」에 나오는 최민식을 보면서도 당신은 울었다

아네스 자우이, 아네스 자우이, 아주 이국적인 이름을 속으로 중얼거리며 나는 뭔가 울컥하는 마음을 명치끝 저편으로 자꾸만 삼켰다

영화관 밖으로 나오자 울컥울컥 우기의 비가 쏟아지고 있었다

나는 우산을 준비하지 않았으므로 그대의 우산 속으로 파고들었다

아네스 자우이, 아네스 자우이, 자욱이 물빛 안개가 깔리는 거리를 지나 우리는 코케인으로 걸었다

코케인에서는 밥 딜런이 노래를 부르고 있었다

칠월엔 당신의 우산이 되어드릴게요

(그럼 팔월엔, 구월엔 누구의 우산이 될 건데?)

나는 묻고 싶었지만 묻지 않았다

영원은 모든 순간 속에 있었다

그래서 나는 진지하게 우기에 대하여 생각하기 시작했다, 그리
고 처음으로 타인의 취향에 대하여 생각하기 시작했다

타인의 삶에 대하여 생각하기 시작했다

리 마빈의 아들들 인터내셔널

라일락이 필 때 나는 러시아로부터 돌아오고 라일락이 필 때
너는 가을로 갔다

라일락이 필 때 너는 사라진 시코쿠 라일락이 필 때 나는 리 마
빈의 아들들 인터내셔널에서 시나 몇 장

＊ …… ＊ 8275쪽, 텔레폰 성냥

저녁 무렵 털털거리는 차를 몰고 눈 쌓인 상원사 길을 내려오네

눈 쌓인 길 위에 난 바큇자국이 티베트 독립운동사처럼 외롭네

가끔은 격렬해도 좋을 텐데 자기 머리통에다 확 불꽃을 그어버
리는 저 한 마리의 성냥처럼 꿈꾸는 것들은 그들만의 꿈꾸는 속
도로 그렇게 화악 달려가도 좋을 텐데, 차는 이십 킬로미터 속도
로 툴툴거리며 상원사에서 월정사까지의 길을 그렇게 내려오네

그리고 나는 눈 쌓인 비포장도로를 내려오며 옛날에 풍로에 불

을 붙일 때 쓰던, 누런 나무판자 같은 바탕에 검은 전화기가 그려
져 있던 텔레폰 성냥을 떠올리네

　뚜껑을 열면 약 오백 마리의 성냥알들이 금방이라도 봉기할 고
독처럼 침묵하고 있던 그 성냥

　그래, 오늘은 진부 읍내를 다 뒤져서라도 꼭 텔레폰 성냥을 찾
아내는 거야

　가끔은 격렬해도 좋을 저 착하고 순한 영혼들을 위해서라도
오늘은 기어이 텔레폰 성냥을 찾아내 그들에게 불꽃으로 전화할
거야

　그리고 순하고 밝은 흰색 양초도 하나 구해야지

　촛불이 타오르면서 혁명이 시작될 테니까

　혁명은 촛불 속에서만 가능할 테니까

가능한 혁명 속에서 어쩌면 우리는 타자에 대한 불가능한 사랑
을 그래도 꿈꿀 수 있을 테니까

그래서 촛불이 필요할 테니까

그러니까 오늘 밤 나는 텔레폰 성냥을 꼭 구해야 하는 거야

나는 진부 읍내를 돌며 텔레폰 성냥을 팔 만한 가게들을 하나
씩 뒤지기 시작했네

그러나 내가 찾는 텔레폰 성냥은 보이지 않고 엉뚱하게도 나는
창가에 놓아둘 소엽란 한 분과 밤이면 누군가 어둠 속에서 나를
쳐다보는 것만 같아 꺼림칙했던 쪽문을 가릴 작은 손수건 두 장
을 샀네

물론 양면테이프도 하나, 그건 내면과 외계의 경계에 작은 손
수건 커튼을 달기 위한 투명한 소품이니까

그런데 그날 밤 텔레폰 성냥은 의외의 장소에서 발견되었네

나는 작은 구멍가게만을 뒤지고 다녔는데 막상 텔레폰 성냥 찾
는 것을 거의 포기하고 들어간 하나로마트의 아주 구석진 맨 아
래 진열장에 텔레폰 성냥은 꿈꾸듯 누워 있었네

그날 밤, 나는 내가 발견한 텔레폰 성냥에게 '프리 티베트'라
는 이름을 붙여주었네

± ◊ 6 ▯ 9002쪽, 진부 게르 악사

이곳에 내려와 푸른 하늘을 볼 때면 흘러가는 구름들에게 안
녕, 인사를 하곤 해

그러면 구름들은 내 머리 위에 커다란 천막을 만들어 나를 그
속으로 초대하기도 하지

강릉 신복사 터 석탑처럼 월정사 팔각구층석탑 앞에도 '공양하
는 보살좌상'이 있어

나는 그녀와 안면이 있으므로 월정사 본당 마당에 들어설 때마
다 안녕, 그녀에게 인사를 하곤 하지

그리고 대웅전 쪽에서 볼 때 좌측에 위치한 고로쇠나무에게도
물론 나는 안녕, 인사를 해

그리곤 시계 반대방향으로 탑돌이를 하지, 물론 딱 한 번, 그리
곤 다시 한 번 안녕, 월정사 전나무숲 전체에게 인사를 하는 거야

상원사 동종에게 인사하러 가기 위해서지, 안녕, 상원사 동종
도 안녕, 안녕

이렇게 인사를 다 마치고 나면 햇살 좋은 상원사 길을 툴툴거
리며 내려와 지상에 있는 천국으로 가는 거야

진부군립도서관은 가스통 바슐라르의 천국의 도서관은 아니더
라도 지상에 있는 천국의 하나지

난 거기에 들러 조르주 페렉의 『인생사용법』을 읽기도 하고 러

시아 고전문학에 나오는 「이고리 원정기」나 「율리야니아 이야기」
를 읽기도 해

　그리고 가끔은 이북으로 넘어가 처형당한 임화의 「前史期」 시
를 다시 읽기도 하지

　진부군립도서관은 평일은 아침 아홉 시에서 저녁 열 시까지 주
말과 일요일은 저녁 여섯 시까지 문을 열지

　물론 월요일은 휴관이야

　몽마르트르 언덕에 있는 라펭 아질도 월요일은 문을 닫거든

　나도 월요일은 쉬고 싶어

　난 게르의 악사니까, 게으른 악사니까

≈ ☽ ♗ ■ ⚑ 1905-44쪽, 타오르는 마음의 혁명 호텔

얼음이 언 바다를 쇄빙선을 앞세우고 배가 나아가네

속초를 출발한 페리는 얼음 바다를 지나 중간 기착지인 러시아
의 자루비노항에 잠시 정박하네

살갗을 에는 듯한 추위, 그러나 오늘 현재 울란바토르의 기온
은 영하 31도이므로 이 정도의 추위는 잊어야 하네

잠시 후 페리는 '동방을 정복하라' 항으로 다시 출발하네

속초에서 블라디보스토크까지는 항해 시간 32시간, 뱃길 685km

멀리 블라디보스토크의 불빛들이 반짝이고 드디어 내가 탄 배
는 블라디보스토크항에 입항하네

한때 러시아의 극동함대가 주둔했던 이곳에서 나는 무엇을 해
야 하나

일단은 항구에서 빠져나와 역 쪽으로 가네

지금 이 순간 나는 시베리아 횡단열차의 출발지이며 동시에 대
륙 횡단열차의 종점인 블라디보스토크역으로 가서 열차에 올라
탈 수도 있고 낡고 오래된 전철이나 버스를 타고 시내를 돌아볼
수도 있네

그러나 우선 나는 역 앞의 '10월 25일 거리'를 걷네

블라디보스토크의 겨울바람은 매섭네

어디 식당이라도 들어가 뜨끈한 국물요리라도 한 그릇 먹으면
좋겠는데 나는 키릴문자를 전혀 읽을 줄 모르므로 그저 길가의
간판을 보며 한없이 걸어가네

'10월 25일 거리'를 계속 걸어가면 길은 레닌대로로 이어지고
깃발과 나팔을 든 병사의 동상이 서 있는 보르초프 레볼류치광장
이 나오네

아니 내가 걸어가는 길 끝으로는 아마 아무르강이 흐르고 있을
것이네

그러나 나는 지금 배가 고프고 너무 추우므로 시장 쪽으로 발
길을 돌리네

러시아식 수프와 보드카를 한 잔 마시고 다시 거리를 어슬렁거
리다가 뒷골목에서 낡은 영화관을 하나 발견하네

영화관의 포스터에는 빅또르 쪼이의 모습이 그려져 있네

아아, 블라디보스토크에서 빅또르 쪼이라니

키릴문자를 모르는 나는 무작정 영화관 쪽으로 가네

아직 몇 점 남아 있는 햇볕을 아껴가며 영화관 계단에서 검은
색 털을 고르던 몇 마리의 고양이들이 내 앞길을 가로막네

아, 러시아산 작은 호랑이들, 러시아에도 길고양이들이 있었구나

나중에 알았지만 내가 블라디보스토크에서 본 그 영화는 카자
흐스탄 출신 감독인 라시드 누그마노프의「바늘」이었네

빅또르 쪼이가 살아생전 주인공으로 출연한 영화가 있었다니

그것을 블라디보스토크의 뒷골목 이름도 모르는 낡은 영화관
에서 보게 되다니

아마 내가 속초에서부터 배를 타고 거의 하루 반나절을 달려온
것은 이 영화를 보기 위해서였나보다

사실 국내에는 잘 알려지지 않았지만 내가 좋아하는 중앙아시
아 쪽 감독은 늑대사냥꾼의 모습을 담은「사냥꾼」을 찍은 카자흐
출신 감독 세릭 아프리모프나 키르기스스탄의 전통을 아름다운
영상으로 보여준「양자」를 찍은 악탄 압디칼리코프라네

특히 악탄 압디칼리코프 감독은 자신의 아들인 밀란 압디칼리
코프를 자기 영화의 페르소나로 등장시키지

그의 영화에는 '쿠락'이라는 키르기스의 전통 카펫이 자주 등
장하지

'쿠락'이란 죽은 사람이 남긴 천들을 아주 작은 조각으로 이어
붙여 만드는 카펫인데 키르기스 사람들은 그 카펫에 죽은 사람의
영혼이 남아 있다고 믿지

악탄 감독은 '쿠락'이라는 카펫을 자기 영화의 밑바탕에 깔아
놓음으로써 수천 년을 이어온 유목민들의 영혼을 자신의 영화를
통해 체현하고 있는 것이지

아무튼 「바늘」이라는 영화를 보고 밖으로 나오자 벌써 '10월
25일 거리'는 서서히 '10월 25일의 저녁 일곱 시' 정도로 어두워
져 있었네

러시아의 밤, 오늘 밤 난 블라디보스토크역 근처에 있다는 낡
고 오래된 '타오르는 마음의 혁명 호텔'에서 묵으리라

마야코프스키의 시를 읽으며 나타샤도 올가도 없는 러시아의

선술집에서 보드카를 마시고 언 가슴을 녹이리라

　'동방을 정복하라'는 지령을 받은 도시 블라디보스토크의 저녁
을 내가 접수하리라

　빅또르 쪼이의 노래를 흥얼거리며 텔레폰 성냥 하나로 무가당
담배클럽 인터내셔널 동지들에게 불꽃의 지령을 타전하리라

　첫 번째 지령, 세계의 모든 얼음 바다를 얼음맥주 바다로 만들 것

　두 번째 지령, 은밀하게 할 것

　세 번째 지령, 어떤 일이 있어도 은밀하게 진행할 것

　마지막 지령, 남극 펭귄, 북극곰, 알바트로스, 스쿠아, 일각고
래, 바다표범들 중에서 심장이 뛰고 있는 모든 생명체들을 동지
로 규합할 것, 나머지 자세한 행동지침은 『리 마빈의 아들들 인터
내셔널』지 44쪽 참조, 이상

☆ ☾ 2081쪽, 이스파한

러시아에서 돌아온 후 몹시 몸이 좋지 않아 하루 종일 게르에
누워 따스한 곳을 꿈꾸었네

카멜 담배를 피워 물고 카라반을 따라 이맘광장이 있다는 이스
파한에 가고 싶었네

그렇게 낙타 대상들을 따라 한없이 가다 보면 저녁 무렵 긴 회
랑과 호텔이 있는 이스파한의 이맘광장에 당도할 수 있을 것 같
았네

회랑에는 거대한 바자르가 있고 광장의 가운데는 폴로경기장
이 있으며 아름다운 정원에는 꽃들이 만발한 이맘광장에 도착하
면 나는 페르시아의 밤 한가운데 서서 텔레폰 성냥의 불꽃같은
별을 볼 수 있을 것 같았네

'밤' 이라는 뜻의 이름을 가진 이스파한의 처녀 라일라와 함께
카주다리도 걷고 맛있는 양고기요리도 먹고 나의 기타 까마리 공

작을 두드리며 함께 노래도 부르면 좋으련만, 멘델레예프의 원소
주기율표처럼 늘어진 나의 밤은 내 피곤한 육체가 그저 떠도는
원소들의 일시적인 집합체임을 일깨워주었네

　백사십억 년 전 우주에 대폭발이 있은 후 지구가 생겨났네

　중성자, 양자, 전자가 모여 원소를 이루었네

　라브아지에 때는 33종의 원소가 발견되었네

　멘델레예프 때는 63종의 원소가 발견되었네

　지금은 94개의 원소라네

　그렇다네, '질량보존의 법칙'이라는 화학적 관점에서 볼 때 지
금 나의 육체는 거의 흩어지기 일보 직전 겨우 존재하는 '떠도는
원소들의 혼합물'일 뿐인 것이라네

  * '리 마빈의 아들들 인터내셔널' —딩뱃고원의 저녁이다. '리 마빈의 아들들 인터
내셔널' 은 비밀결사조직의 이름이다. 아니다. '리 마빈의 아들들 인터내셔널'은 어느
시 잡지에 발표한 산문의 일부를 다시 시로 바꾼 내 시의 제목이기도 하다. 고백건대,
나는 아직도 여전히 시와 산문의 경계를 잘 모르겠다. 나는 다만 내가 쓰는 글들이 늘
시 쪽에 가깝게 있기를 바랄 뿐이다. 하지만 그것도 하나의 바람일 뿐이란 걸 나는 안
다. 가끔 니체나 키냐르의 글이 시로 읽히는 걸 보면, 시는 어디에나 있고 시는 또한
아무 데도 없다는 생각. 오래간만에 시 생각에 잠겨 고요히 저무는 딩뱃고원의 저녁이
다. 혹시 딩뱃고원에 대해 궁금한 것이 있다면 『리 마빈의 아들들 인터내셔널』지 44쪽
참조. 이상.

심보선

새 외

1970년 서울 출생.
1994년 『조선일보』 등단. 시집 『슬픔이 없는 십오 초』.
〈김준성문학상〉 수상.

새

우리는 사랑을 나눈다.
무엇을 원하는지도 모른 채.
아주 밝거나 아주 어두운 대기에 둘러싸인 채.

우리가 사랑을 나눌 때,
달빛을 받아 은회색으로 반짝이는 네 귀에 대고 나는 속삭인다.
너는 지금 무엇을 두려워하는가.
너는 지금 무슨 생각에 빠져 있는가.

사랑해. 나는 너에게 연달아 세 번 고백할 수도 있다.
깔깔깔. 그때 웃음소리들은 낙석처럼 너의 표정으로부터 굴러
떨어질 수도 있다.
방금 내 얼굴을 스치고 지나간 미풍 한 줄기.
잠시 후 그것은 네 얼굴을 전혀 다른 손길로 쓰다듬을 수도 있다.

우리는 만났다. 우리는 여러 번 만났다.
우리는 그보다 더 여러 번 사랑을 나눴다.
지극히 평범한 감정과 초라한 욕망으로 이루어진 사랑을.

나는 안다. 우리가 새를 키웠다면,
우리는 그 새를 아주 우울한 기분으로
오늘 저녁의 창밖으로 날려 보냈을 것이다.
그리고 함께 웃었을 것이다.
깔깔깔. 그런 이상한 상상을 하면서 우리는 사랑을 나눈다.

우리는 사랑을 나눌 때 서로의 영혼을 동그란 돌처럼 가지고
논다.
하지만 어떻게 그럴 수 있지?
정작 자기 자신의 영혼에는 그토록 진저리치면서.

사랑이 끝나면, 끝나면 너의 손은 흠뻑 젖을 것이다.
방금 태어나 한줌의 영혼도 깃들지 않은 아기의 살결처럼.
나는 너의 손을 움켜잡는다. 나는 느낀다.
너의 손이 내 손 안에서 조금씩 야위어가는 것을.
마치 우리가 한 번도 키우지 않았던 그 자그마한 새처럼.

너는 날아갈 것이다.
날아가지 마.

너는 날아갈 것이다.

의문들

나는 즐긴다
장례식장의 커피처럼 무겁고 은은한 의문들을 :
누군가를 정성들여 쓰다듬을 때
그 누군가의 입장이 되어본다면 서글플까
언제나 누군가를 환영할 준비가 된 고독은 가짜 고독일까
일촉즉발의 순간들로 이루어진 삶은
전체적으로는 왜 지루할까
몸은 마음을 산 채로 염殮한 상태를 뜻할까
내 몸이 자주 아픈 것은 내 마음이 원하기 때문일까
누군가 서랍을 열어 그 안의 물건을 꺼내면
서랍은 토하는 기분이 들까
내가 하나의 사물이라면 누가 나의 내면을 들여다봐 줄까
층계를 오를 때마다 왜 층계를 먹고 싶은 생각이 들까
숨이 차오를 때마다 왜 숨을 멎고 싶은 생각이 들까
오늘이 왔다
내일이 올까
바람이 분다
바람이여 광포해져라
하면 바람은 아니어도 누군가 광포해질까

말하자면 혁명은 아니어도
혁명적인 어떤 일들이 일어날까
또 어떤 의문들이 남았을까
어떤 의문들이 이 세계를 장례식장의 커피처럼
무겁고 은은하게 변화시킬 수 있을까
또 어떤 의문들이 남았기에
아이들의 붉은 입술은 아직도 어리둥절하고 끝없이 옹알댈까

도시적 고독에 관한 假說

고양이 한 마리
도로 위에 낙엽처럼 누워 있다
몸통이 네모나고 다리가 둥글게 말린
코끼리 같은 버스가
죽은 고양이 앞에 애도하듯 멈춰 있다
누군가 말한다
스키드 마크는
바퀴도 번민한다는 뜻이지
누군가 답한다
종점에서 바퀴는 울음을 터뜨릴 거야
새 시장은 계몽된 도시를 꿈꾸지만
시민들은 고독하고 또한 고독하다
했던 말을 자꾸 되풀이하는 것이 그 증거다
멀리서 아련히 사이렌이 울린다
한때 그것은 독재자가 돋우는 공포의 심지였으나
이제는 맹인을 이끄는 치자꽃 향기처럼 서글프다
누군가 말한다
두고 봐
종점에서 바퀴는 끝내 울음을 터뜨리고 말거야

하루 또 하루
시민들은 고독하고 또한 고독하다
친구들과 죽은 자의 차이가 사라지는 것이 그 증거다
한 사람 또 한 사람
고양이 한 마리 또 한 마리

내전 지역의 아침

오전 8시
여기는 위태로운 곳이다
소리가 半音만 올라가도 아비규환일 것이다
사장은 눈앞에 놓인
물갈이한 꽃병을 말없이 바라본다
신문은 명료한 비율로 분할돼 있고
그 안에 고양이라는 단어는 단 한 개
(그것도 죽은 고양이)
영웅이라는 단어는 아예 없다
고양이를 사랑하는 영웅의 시대는
지나버린 것이다, 오전 8시
기숙사 앞마당엔 방금 압연돼 나온 햇볕
위에 어젯밤 빨아놓은 신발들
곁에 배 깔고 엎드린 비둘기들
신발은 날아가고 비둘기 끼워 신고
출근하는 네팔 女工들
어저께 그치가 나한테 글쎄,
재잘거리며 몰려간다
오전 8시, 여기는 위태롭다

소리가 半音만 올라가도……
아침인데 황혼은 벌써부터
만반의 준비를 갖춘 채
골목마다 매복하고 있다

홀로 여관에서 보내는 하룻밤

구름의 그림자가 火印처럼 찍힌 저녁 바다를 바라본다
나의 파탄이 누군가의 파탄으로 파도쳐 간다
어떻게 그댈 잊을 수 있겠는가
그토록 사소한 기억들에 골고루 분포되어 있는 그대를

수 개의 등불을 끄고 한 권의 책을 덮으면
이 방의 어둠은 완성된다
행간에 머물던 내 시선이 곁눈질로 더듬었던 달빛이
방 안에 순식간에 스며든다

나는 나를 간절히 안아주고 싶기도 하고
이 세계를 두 발자국 만에 짓눌러버릴
거대한 눈사람을 저 모래사장에 우뚝 세우고 싶기도 하다
간혹 내 머릿속에선
옷을 입고 있는 사람과 벗고 있는 사람이
나를 버린 이들의 목록을 둘러싸고 논쟁을 벌인다
그리고 간간히 동시에 떠오르는 다른 죽음들

회한과 자조로 가득한 겨울밤

과거를 향하여 이를 가는 짐승
파도를 가지 치며 수평선 위로
쑥쑥 자라 오르는 미래의 날카로운 환상
그때 뜨거운 물을 숨긴 주전자 같은 영혼은
내가 셋을 세기도 전에 태어나는 것이다
완벽한 혼란이 아니라 혼란스런 완벽으로부터

여관방 구석의 냉장고에선
실금 같은 빛이 새어나와 세계를 야금야금 톱질하기 시작한다

결국 극단을 택할 것인가, 나는

시초

지금 나의 그림자는 그대들과 동명이인이다
우리는 모두 한때 돌로 태어나
불로 달궈진 아기들이었다
우리의 발걸음은 넘어지지 않기 위해
점점 단순한 양식으로 진화해왔다지만
상관없다 무시하자
自由는 가장 난해한 스텝의 이름이기에

가난한 선조들을 배반하고 우리는
자기만의 무질서와 신념으로
자기만의 가난을 구축하기로 한다
지금은 새로운 가난으로 미만한 밤
달빛이 모든 사물의 가장자리에 묻은 毒을 핥으며
수십 수백 갈래로 찢어지고 있다

우리는 아주 커다란 행성의 아주 작은 노예들
실패할 수 없는 것들을 실패하고
반복될 수 없는 것들을 반복한다
그리하여 지상의 마지막 겨울이 오면

우리는 충혈된 눈으로 서로를 바라보며
빛나는 유리구슬 하나를 정성스레 까 먹여줄 것이다

우리는 망상이 빚은 말들 속에서 만나
세계의 심연을 향해 절규한다
지금은 시초라 불릴
충분한 자격을 갖춘 순간
한 방울의 잉크가 흐르는 빗물에 섞이며
불가능한 기록이 막 시작되려 한다

어느 여류 작가에게 보내는 편지

당신이 쓴 글을 우연히 보았습니다. 나로 하여금 단번에 당신을 사랑하게 만든 그 매혹적인 글을. 영혼에 관한 글이었던가요? 세상의 모든 글은 영혼에 관한 글이라고 믿습니다. 당신과 나는 도서관이나 서점에서 우연히 마주친 적이 있었지요. 그러나 우리 둘이 가장 가까웠을 때도 우리의 그림자는 겹쳐본 적이 없었지요. 지금 우리 사이의 거리는 지금까지 우리 사이에 놓였던 거리 중에 가장 멉니다. 이곳은 하늘의 별빛이 사람의 눈빛을 닭 모이처럼 쿡쿡 쪼아 먹는 땅이라는 기이한 이름을 가진 이국의 도시입니다. 이 가난한 나라의 아침도 여느 곳과 다름없이 하나의 위대함을 이룩한답니다. 정오까지 태양을 하늘의 가장 높은 곳에 올려놓기. 당신 영혼의 아침은 가장 높은 곳에 무엇을 올려놓으셨나요? 오늘은 새벽부터 비가 내립니다. 때때로 비는 성부 성자 성신의 이름으로 내린다고 믿습니다. 잎사귀들은 믿음이 약한 순서대로 떨어지지요. 그러나 믿는 자에게도 파국은 온다는 것, 그것을 명심해야 합니다. 당신에게도 그러했듯이 말입니다. 저 역시 당신처럼 신을 믿습니다. 불가능한 일에 대해 묵상하는 것이 저의 취미랍니다. 이제 제가 왜 당신에게 편지를 쓰고 있는지 아시겠습니까? 당신은 오래전에 죽었으니까요. 당신의 육신은 흔적 없이 사라져 우리 사이에는 혼혈아도 고양이도 베고니아도 태어날 수 없습니다. 우리가 입을 맞출 수 없다는 사실을 축복이라 믿어야 하나요? 지금 나는 당신이 담배를 물고 있는 흑백사진 한 장을 바라보며 담배 한 대를 물어봅니다. 탁자 위로 낯선 향유 냄새를 끝없이 피워올리는 촛불로 담뱃불을 붙이고 나면 나는 그 불로 마지막 문장 하나를 남긴 이 편지도 태울 것입니다. 그것이 이 편지가 그대에게 도달할 수 있는 유일한 길이라고 믿으니까요.

이수명

고양이 이후 외

1965년 서울 출생. 1994년 『작가세계』 등단.
시집 『새로운 오독이 거리를 메웠다』 『왜가리는 왜가리 놀이를 한다』
『붉은 담장의 커브』 『고양이 비디오를 보는 고양이』 등.
〈박인환문학상〉 수상.

고양이 이후

고양이는 자신의 시신 밖으로 튀어나온다.
고양이 이후의 고양이

흩어진 물질
문지방이 아주 넓어서
고양이는 자신의 비물질성을 억제한다.

한번에 떠오르지 않는 재료를 모으는 일

손은 손을 물고 있는
사자의 이빨 같은 것을
계속해서 만들어낸다.

불가능한 뜀박질
불가능한 꼬리를 덧붙이고 덧붙이고

고양이는 아주 천천히
고양이를 틀어막는다.

새를 전개하다

한 마리의 새 뒤에 수백 마리의 새들이 있다. 수백 마리의 새들을 뚫고 나는 나아간다. 그들을 침범하지 않는다. 새들이 들끓고 있다.

나를 옮긴다. 돌을 옮긴다. 새들이 돌 속으로 들어가고 돌을 빠져나간다. 새의 반대방향으로 돌을 옮긴다. 새들이 지켜보는 가운데

어항이 우리를 표시할 때

우리는 그렇게 끌려갔다.
하나의 어항 속으로
텅 빈 어항
어항 속에서
어항을 꺼내 놀았다.
우리는 머리에 손을 얹고 걸었다. 나는 손을 떨어뜨렸다.
네가 나를 감추었다. 나는 너를 잃어버렸다.
어항이 우리를 표시할 때면
우리는 가득 어항을 메웠다.
어항이 우리를 드나들었다.
우리는 플랑크톤처럼 어항을 뒤쫓고 있었다.

왼쪽 비는 내리고
오른쪽 비는 내리지 않는다

내가 너의 손을 잡고 걸어갈 때
왼쪽 비는 내리고 오른쪽 비는 내리지 않는다.

우리에게는 언제나 너무 많은 손들이 있고
나는 문득 나의 손이 둘로 나뉘는 순간을 기억한다.

내려오는 투명 가위의 순간을

깨어나는 발자국들
발자국 속에 무엇이 있는가
무엇이 발자국에 맞서고 있는가

우리에게는 언제나 너무 많은 비들이 있고
왼쪽 비는 내리고 오른쪽 비는 내리지 않는다.

내가 너의 손을 잡고 걸어갈 때
육체가 우리에게서 떠나간다.
육체가 우리를 쳐다보고 있다.

우리에게서 떨어져나가 돌아다니는 단추들
단추의 숱한 구멍들

속으로

왼쪽 비는 내리고 오른쪽 비는 내리지 않는다.

8월의 아침

땅 밑에서 잠자는 모자들이 올라올 때
모자에 영향을 미칠게요
모자의 테두리가 사라지거든
깨어나기 직전의 머리를 끄집어내요

무거운 눈꺼풀을 끄집어내요
8월은 조용하게 말할 수 있어요

잠든 집들이 올라올 때
잠든 집들이 엉겨붙기라도 하면
지붕 위로 집들이 올라서기라도 하면

도시 및 도시 근교에서 짐을 끄집어내는
커다란 잠의 아침으로
어느 여름의 아침이 개방적일게요
어느 눈길을 끄는 주장에 둘러싸일게요

아무도 늘어나지 않는 곳에서
사실들이 늘어날 것을 제안할게요

그리고 짧은 수평의 음성을 짐 위에 떨어뜨리고
큰 모자를 날려보낼 겁니다.
머리를 끄집어내요
모자를 본떠
모자에 어른거릴게요

줄넘기

줄넘기를 하고 있다.
지면을 넘기며
지면 위에 선다.

발아래 지면이 팽창될수록
망각이 깊어져

다른 페이지 속으로 섞여 들어간 거짓말들처럼 두 발은 부드럽
게 흩어질 뿐

들러붙은 손

하나 둘 셋 심장을 후려치는 소리를 듣지 못한다.

줄넘기를 하고 있다.
줄 속에 들어가
구부러지는 줄
망각이 깊어져

그를 걸었다

높은 나무에 그를 걸었다.
높은 날씨

지나가는 광장과
그를 이행하는 빛과 어둠
나날의 소식이
그의 윤곽을 자주 바꾸었다.
수직을 탐하는 나무들의 긴 이송이 시작되고

현상의 밖에 그를 걸었다.
그가 자꾸 밀려 들어왔다.
다시 그를 밀어냈다.
그를 조금 흘러넘치게 내버려둔다면

그는 부스러기가 없었다.
그의 대칭이 아파서 그를 탐하고
단 한 번의 높은 표정으로 그를 장식하고
한꺼번에 그를 습격했다.

내가 춤을 추느라 기울어지는 짧은 육체의 방향

그를 뚫고 다니는 나의 육체의 방향
그가 순간순간 무효로 되는
그가 안전한 시간

다른 현상에 그를 걸었다.
그는 아주 잠시 자신에게 겹쳐 있었다.

조용미

초록을 말하다 외

1962년 경북 고령 출생. 1990년『한길문학』등단.
시집『불안은 영혼을 잠식한다』『일만 마리 물고기가 山을 날아오르다』
『삼베옷을 입은 자화상』『나의 별서에 핀 앵두나무는』등.
〈김달진문학상〉수상.

초록을 말하다

초록이 검은색과 본질적으로 같은 색이라는 걸 알게 된 것이
언제였을까
검은색의 유현함에 사로잡혀 이리저리 검은색 지명을 찾아 떠
돌았던 한때 초록은
그저 내게 밝음 쪽으로 기울어진 어스름이거나 환희의 다른 이
름일 뿐이었는데

한 그루 나무가 일구어내는 그림자와 빛의 동선과 보름 주기로
달라지는 나뭇잎의 섬세한 음영을 통해
초록에 천착하게 된 것은 검은색의 탐구 뒤에 온, 어쩌면 검은
색을 통해 들어간 또 다른 방
그 방에서 초록 물이 들지 않고도 여러 초록을 분별할 수 있었
던 건 통증이 조금씩 줄어들었기 때문

초록의 여러 층위를 발견하게 되면서 몸은 느리게 회복되었고
탐구가 게을러지면 다시 아팠다
러시아 인형 마트로시카처럼 꺼내어도 꺼내어도 새로운 다른
초록이 나오는,
결국은 더 갈 데 없는 미세한 초록과 조우하게 되었을 때의 기

뽐이란

  초록은 문이 너무 많아 그 사각의 틀 안으로 거듭 들어가기 위
해선 때로
  눈을 감고 색의 채도나 명도가 아닌 초록의 극세한 소리로 분
별해야 한다는 것,
  흑이 내게 초록을 보냈던 것이라면 초록은 또 어떤 색으로 들
어가는 문을 살며시 열어줄 건지

  늦은 사랑의 깨달음 같은, 폭우와 초록과 검은색의 뒤엉킴이
한꺼번에 찾아드는 우기의 이른 아침
  몸의 어느 수장고에 보관해두어야 할까
  내가 맛보았던 초록의 모든 화학적 침적을, 오랜 시간 통증과
함께 작성했던 초록의 층서표들을

나의 매화초옥도

눈 덮인 산, 무거운 회색빛 하늘, 초옥에서 창을 열어두고 피리를 불며 앉아 있는 선비의 시선은 먼 데 창밖을 향하고 있다.

어둑한 개울에 놓인 다리를 밟고 건너오는 사내는 어깨에 거문고를 메고 있다

멀리서 산속에 있는 벗을 찾아오고 있다 방 안의 선비는 녹의를 그는 홍의를 입고 있다

초옥을 에워싸고 매화는 눈송이가 내려앉듯 환하고 아늑하다

매화를 찾아, 마음으로 친히 지내는 벗을 찾아 봄이 오기 전의 산중으로 발걸음을 내딛었다

생겨나고, 부유하고, 바람의 기운 따라 천지간을 운행하는 별처럼 저 점점이 떠 있는 흰 매화에서

우주의 어느 한 순간이 멈추어버린 것을, 거문고를 메고 가는 한 사내를 통해 내가 보았다면

눈 덮인 산은 광막하고 골짜기는 유현하여 그 속에 든 사람의 일
은 참으로 아득하구나

천리 밖 은은하게 번지는 서늘한 향을 듣는 이는 오직 그대뿐

밤하늘의 성성한 별들이 지듯 매화가 한 잎 한 잎 흩어지는 봄
밤, 천지간의 구분이 모호해진다

나는 그림 속 사람이 된다 별빛이 멀리서 오듯 암향도 가깝지 않
다

오후의 세계

토마토는 부드럽게 잘린다
토마토의 한쪽 붉은 살이 웅크리고 있다
푸른 씨와 한데 엉겨붙어 있는
불그레한 덩어리들

접시 위에 토막 난 토마토는
한쪽으로 비스듬히 기울었다

오후는 나뭇잎들이 바람을 이리저리
뒤집었다 바로 놓았다 한다

칼이 지나가는 자리에 토마토가 가지런하다
토마토의 붉은 속이 미세하게
나뭇잎처럼 흘러내린다

차가운 심장이 파랗게 엎드리고 있는
토마토는 싱싱하다
푸른 씨를 가득 물고 조용히 뛰고 있다

짙은 초록 이파리에 마구 엉겨 있는 바람의 부레들이
줄기마다 헤엄쳐 다니며 반짝인다

토마토의 붉고 푸른 살과 뼈 사이를
실처럼 이어주는 흰 혈관들은
나무의 심장처럼 고요하게 뻗어 있다

우듬지의 나뭇잎들이 꺾일 듯 휘어진다
수만 결의 바람이 뒤집히며 일제히 파닥인다
비스듬히 썰린 채 흘러내리는 과육들,
토마토는 부드럽게 상한다

적벽에 다시

적벽 오고 말았습니다, 물염정 아래 호수의 물은 말라 수면이
여러 겹 물염적벽 아래 떠다닙니다 당신은 흐르는 강물 따라 다
녔겠지요 망향정에 와 노루목적벽 마주 보며 흔들리듯 서 있으니
수수만 년 전의 당신이 나를 여기 보냈다는 걸 알겠습니다 적벽
와서야 허전한 한 목숨 겨우 이어붙였다는 느낌은

나는 가장 맑은 눈으로 적벽 보려 합니다 물염적벽, 노루목적
벽, 망미적벽, 창랑적벽, 이서적벽…… 적벽의 이름들 안타까이
구슬처럼 입 안에서 꿰어봅니다 무덤에 업힌 듯 박혀 있는 부서
지고 나뒹구는 석탑이 절터임을 말해주지만 호수의 물과 파헤쳐
진 대숲의 어두운 그림자들이 기억을 방해하고 간섭합니다

당신도 한동안 적벽의 풍경을 몸 안에서 구하였던 것은 아니겠
지요 어느 생에선가 미묘란 무엇이냐 물었더니 당신은, 바람이
물소리를 베갯머리에 실어다 주고 달이 산 그림자를 잠자리로 옮
겨준다* 말했습니다 여러 생을 통과하면서 혹 미묘가 맑아져 표
묘가 되기도 하였는지요

찬연함이 얇아져 처연함이 되는지 나는 이 시간에 오롯이 놓여

적벽에 쓸쓸히 물어봅니다 내 몸을 입고 나온 어떤 이도 적벽 흐르는 강물 바라보며 미묘와 표묘를 아득한 눈빛으로 중얼거리게 될는지요 수수만 년 전 적벽을 보았던 게 누구인지 이제는 알 수 없게 되어버렸습니다

어느 생에선가 나는 다시 적벽 와야 하겠지요 흐르는 구름과 적벽에 물드는 단풍을 바라보며 오래 거듭되는 幻의 끝을 물으며 서 있어야겠지요 후생의 어디쯤에서 나는 나를 알 수 있을까요 풍문도 습관도 회환도 아닌 한 사람의 지극한 삶을, 향기와 음악처럼 두루 표묘하여 잡을 수도 알 수도 없는 간결한 한 생을 말입니다

* 『벽암록』에서 인용

밤의 호수

밤의 호수는 숲과 나무와 둑을
정확하게 대칭으로 나눈다
불빛만은 더 길게 늘어 당기고 있다
자욱한 안개마저 반으로 분할한다

호수의 한가운데 있는 섬은
낮에는 얌전히 떠 있어 무슨 생각에 골몰한지
짐작할 수 없지만 밤엔
커다란 한 마리 물고기가 되어
컴컴한 입을 벌리고 어딘가로 가려 하고 있다

불빛을 뿌옇게 풀어놓고 밤안개는
다시 숲 속을 파고든다
번개가 물속을 훑고 갈 때
오래전에 가라앉은 것들의 침묵이 잠시 솟구쳤으나
이내 고요해졌다

밤의 호수 곳곳에서 완벽한 세포분열이 일어난다
그 중앙의 경계는 호수면이다

호수가 만들어낸 기하학 무늬를 달빛이 오래 비추던 날이 있었
다
밤의 호수에서 그림자는 몸이 되어버린다

곡옥

곡옥은 자궁 속의 태아가 웅크리고 있는 모양이다

쉼표가 다 자라 마침표를 능가하는 순간의 모습이기도 하고 사
람에게 길들지 않은 동물의 이빨 같기도 하다

곡옥은 한때 물고기였는지도 모른다 눈과 머리와 꼬리를 갖추
고 있다

옥이 품은 빛, 옥빛은 어디에서 왔는가

옥은 햇빛이 아닌 달빛의 자장가를 들으며 자랐고 빛의 안감을
댄 그늘의 천으로 만든 옷을 입고 걸어다녔다

속이 다 비치지는 않지만 맑은 눈동자를 가졌으며 침묵의 옅은
색을 편애한다

투명하되 불투명한 살갗을 지니고 있다

무덤 속에서 오래 웅크리고 있다 발견되어 밖으로 자주 끌려나
왔으며 멸망한 왕국의 구름을 두루 연구하고 보고한 성과가 있다

그늘의 무늬에 둘러싸여 견고한 아름다움으로 빛나는 몸은 동
그랗게 뭉쳐진 허공을 꼭 끌어안고 있다

씨앗모양의 곡옥은 무슨 잎들을 피워올리나

　나른한 슬픔이 겹겹이 수놓인 이부자리를 펴고 모로 누웠다 웅
크림에 대한 오랜 명상이 필요하다
　운명이 정한 파멸의 길도 마다 않는 휘어짐이다 손발 다 구부
린 屈葬이다

무릎을 예찬함

예찬*의 용슬재는 겨우 무릎을 들여놓을 만한 좁고 정갈한 은자
의 방
쇠무릎은 소의 무릎을 닮은 줄기 마디를 지닌 풀
우슬재는 해남 가는 길에 넘는, 소가 무릎을 꿇고 있는 모습과
닮은 고갯길

내 고요한 저녁 간혹 꺼내어 보는 도록의 백자무릎형 연적은 꿇
어앉은 여인의 무릎마루를 닮은 단정하고 둥근 모양의 연적
하나둘 품어온 연적이 일가를 이룬 책장 위의 연적들 바라볼 때
거기 눈길 자주 닿는 곳 어디 얹어두고 싶은 백자무릎형 연적

그 푸르스름한 흰빛을 나는 물끄러미 들여다보다가, 눈길로 한
없이 어루만져보다가
어느새 그윽한 마음이 되어서는
괜히 내 무릎을 만져보게 되는 서먹한 일이 생기는 늦은 저녁 한
때를 수락하는 것이다

이것은 다 무릎 때문에 일어나는 일,
이것은 다 내 마음이 적적해서 벌어지는 일,

조용미 135

이것은 다 누군가에게로 가는 길

* 예찬倪瓚(1301-1374) : 후에 원4대가로 알려진 일군의 문인화가들 가운데 한 사람.

허수경

잎새라는 이름 외

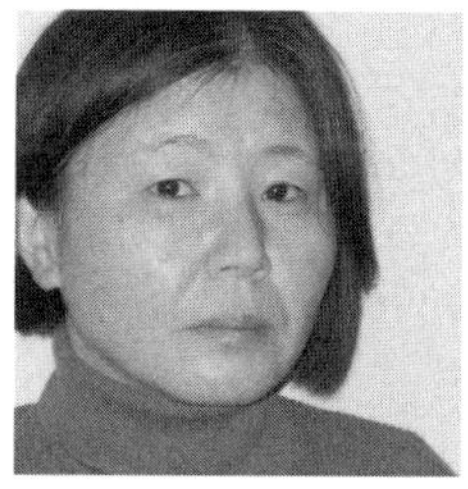

1964년 경남 진주 출생. 1987년 『실천문학』 등단.
시집 『슬픔만한 거름이 어디 있으랴』 『혼자 가는 먼 집』
『내 영혼은 오래되었으나』 『청동의 시간 감자의 시간』 등.
〈동서문학상〉 수상.

잎새라는 이름

잎새라는 이름을 가진 새가 있다면
아주 조금 먹고 길게 우는 새

잎새라는 이름을 가진 바람이 있다면
그 바람 속에서 날려가는 우산은 가볍겠지

잎새라는 이름을 가진 눈이 있다면
따뜻하고 보드라운 깃털일 거야

잎새라는 이름을 가진 폭풍이 있다면
잎새라는 이름을 가진 사막이 있다면
잎새라는 이름을 가진 심해가 있다면

잎새라는 이름의 탱크가 있다면
잎새라는 이름의 테러리스트가 있다면
잎새라는 이름의 전쟁이 있다면

잎새라는 이름을 가진 군인이 있다면
내가 기다리는 곳까지 와서

맑은 차를 마시다가 잠이 들 거야

잎새라는 이름을 가진 잘 차려진 저녁
잎새라는 이름을 가진 잘 저문 저녁
잎새라는 이름을 가진 잘 여문 밤

별이 새처럼 지저귀는 언덕에서
잠드는 해도 잎새라는 이름을 가지고 있다면

잠든 해 별의 먼지 아래
잎새라는 이름을 가진 당신이 있다면
얼마나 순한 눈썹을 당신은 가지고 있을까

잎새라는 이름을 가진
이미 뭉개진 꽃의 세월이 있다면

잎새라는 이름의 자전거를 타고
우주를 달리면서 세월은
잎새, 잎새라고 속삭이지 않을까

내가 쓰고 싶었던 시 제목, 의자

그해 겨울, 나는 호흡이 거칠어지는 병을 앓았다. 오래된 시스템이 복합구조로 나아가면 갈수록 호흡기질병이 많다는 경제학자의 진단을 듣고 난 뒤, 나는 절정마다 자지러지듯 떨어지는 태평양 섬에 살았던 동백나무의 자서전을 읽었다. 눈과 비가 엇갈리고 태양이 숨는 계절에 내가 버린 낡은 빤쓰를 머리에 쓰고 신경질을 부리며 피어나던 저 가엾고 멍멍한 꽃, 어느 신이 버린 술병에서 아직도 흘러나오는 붉은 방울 같은 동백꽃 사이사이에

아직도 양식에 성공하지 못한 생선들을 잡기 위해 모터에 끈적거리는 기름을 담은 배들이 고아처럼, 혹은 먼먼 바다, 언 성기로도 번식하던 산호초처럼 흔들릴 때, 나는 마음속의 몸을 팔아야 할 때처럼 콜콜거렸다. 요절 시인 랭보가 무기 상인으로 짐바브웨의 수도를 떠돌고 있던 시절, 하는 수 없어서 나는 당신을 찾아갔다.

의사 : 잘 우시나요?

환자 : 예.

의사 : 달빛에 대해서 자주 생각하시나요?

환자 : 아니요.

의사 : 그럼 라면이라든가, 누들이라든가, 하는 구불구불하거나 곧 휘어질 것 같은 길이라든가, 아니면 짐승의 뱃살을 고아서 만든 산맥을 자주?

환자 : 자주, 생각하냐구요?

의사 : 아뇨, 자주 드시냐고요.

환자 : (한참 생각하는 동안 지층계의 역사 안에는 포유류가 들어오고 도구와 방랑의 역사가 들어오고 우는 역사와 웃기려고 작정을 한 정치와 책을 읽는 자가 그림을 그리거나 음악을 만드는 세월이 들어오고 그리고 그렇게 환자가 오랫동안 바라던 사랑의 역사가 치욕처럼 쳐들어오는 평화의 시대를 떠올리면서, 아니면 한 작가가 '사랑과 전쟁'이라는 소설을 쓸 때 죽어가던 원숭이들이 바라보던 노을이 오고) ……. 말줄임표 뒤에 숨은 '아뇨.'

의사 : 혹, 민속이라든가, 아님 민족이라든가, 아님 가족이라든

가…….

환자 : 혹, 학살에 대해서 제게 묻나요?

의사 : 아뇨, 가장 평범한 자연계의 저녁에 대해서 묻는 거랍니다.

환자 : 그러니까 그 저녁에 노을을 바라보는 '어린 왕자' 가 앉았던 의자에 대해서?

의사 : 제일로 궁금한 건 그 의자가 서쪽에서 혹은 동쪽에서 혹은 남북에서 무엇을 바라보고 있었냐, 하는 것…….

환자 : 그러니까 지난 세기에 가장 아름다운 시가 쓰여지던 그 방향? 달빛의 얼음 속에 춤추던 아가씨, 혹은 태양의 지친 팔이 부수었던 토기? 아님, 박달나무? 아니라면 돌고 도는 차가운 태양? 아님, 어떤 사촌이 만든 행성을 따라 돌고 돌던 차가운 별?

의사 : 왜 예언이나 점성, 가족에 대해서 시를 쓰기를 거부하

시나요? 열을 지어 앉은 의자에 대해서 시를 쓰는 것처럼? 황무
지에 무슨 보리밭이라도 일군 코끼리처럼.

　환자 : 가족요? 나는 울어요. 울 뿐이에요, 불이 났는데 울지 않
을 도리가 있어요? 나는 가족이 언제나 무서웠구요, 나는 언제나
가족이 산맥처럼 나에게 생을 명령해서 싫었구요…….

　의사 : 내장 안으로 암을 넣고 사는 별처럼, 얼음의 얼굴로 불을
들여다보는 정치가처럼 혹은 그 정치가의 연설을 듣고 있던 국밥
처럼 굴지 마세요. 그렇다고 정치가나 국밥이나 하는 것을 깔보지
도 마세요, 식사를 규칙적으로 하시고 이도 규칙적으로 닦고 국가
도 규칙적으로 사랑하고 낙원도 규칙적으루다 꿈꾸시고…….

　환자 : 울지 말라구요?

　의사 : 딱히 그렇다는 건 아니고, 건강하자구요. 우주계가 건강
해야 겨우 물자국이나 발견된 화성이 눈물을 흘리며 새 테크놀로
지를 찾아 비행선을 찬양하지는 않겠지요, 찬미가, 지겹죠. 삼겹살
이 매일 올라오던 사거리 식당의 설거지물에 손을 담구고 오래된

옛사랑의 노래를 부르던 마지막 태양빛처럼 굴지 맙시다……, 그
리고, 제 은행에 계좌는 있나요?

　환자 : 꽃과 나비, 잠자리의 꿈이 슈퍼마켓으로 들어와서 빤쓰가
되는 세상만이 낙원 아니겠어요. 점심 같이 드시죠.

　의사 : 아니요. 모든 유일신처럼 모든 유인원처럼 저는 환자와의
직접 접촉을 피합니다. 은행계좌, 잊지 마시구요, 잃어버린 고향
은 은행계좌 아니겠어요, 당신과 나, 그 존재에다 안전성을 보장할
계좌에 달린 은행 이름, 어쩌면 그 은행이 독재의 길을 걷다 실수
로 그렇게 수많은 것들을 살해해도.

찬 물새, 오랫동안 잊혀졌던 순간이
하늘에서 툭 떨어지는 것을 본 양

저녁에
물새 하나가 마당으로 떨어졌네

툭,
떨어진 물새 찬 물새
훅,
밀려오는 바람 내

많은 바람의 맛을 알고 있는 새의 깃털

사막을 건너본 달 같은 바람의 맛
울 수 없었던 나날을 숨죽여 보냈던 파꽃의 맛
오랫동안 잊혀졌던 순간이 하늘에서 툭 떨어진 것을 본 양
나의 눈썹은 파르르 떨렸네

늦은 저녁이었어
꽃다발을 보내기에도
누군가 죽었다는 편지를 받기에도 너무 늦은 저녁
찬 물새가 툭 하늘에서 떨어지던 그 시간

나는 술 취한 거북처럼 끔벅거리며
바람 내 많이 나는 새를 집어들며 중얼거리네

당신,
나는 너무나 젊은 애인였어
나는 너무나 쓴 어린 열매였어

찬 물새에게 찬 추억에게 찬 발에게
그 앞에 서서 조용히
깊은 저녁의 눈으로 떨어지던 꽃을 집어드는 양 나는 중얼거리
네

당신,
우린 너무 젊은 연인이었어
우리는 너무 어린 죽음이었어

빌어먹을, 차가운 심장

이름 없는 섬들에 살던 많은 짐승들이 죽어가는 세월이에요

이름 없는 것들이지요?

말을 못 알아들으니 죽여도 좋다고 말하던
어느 백인 장교의 명령 같지 않나요,
이름 없는 세월을 나는 이렇게 정의해요.

아님, 말 못하는 것들이라 영혼이 없다고 말하던
근대 입구의 세월 속에
당신, 아직도 울고 있나요?

오늘도 콜레라가 창궐하는 도읍을 지나
신시新市를 짓는 장군들을 보았어요
나는 그 장군들이 이 지상에 올 때
신시의 해안에 살던
도롱뇽 새끼가 저문 눈을 껌벅거리며
달의 운석처럼 낯선 시간처럼
날 바라보는 것을 보았어요

그때면 나는 당신이 바라보던 달걀 프라이였어요
내가 태어나 당신이 죽고
죽은 당신의 단백질과 기름으로
말하는 짐승인 내가 자라는 거지요

이거 긴 세기의 이야기지요
빌어먹을, 차가운 심장의 이야기지요.

비행장을 떠나면서

비행장을 떠나면서 우리는 무표정했어
비행장을 떠나면서 우리들은 커피를 마시며 우울한 신문들을 읽
었고
참한 소설 속을 걸어다니며 수음을 했지
사랑이 떠나갔다는 걸 알았을 때 우리들의 가슴에서는 사막이
튀어나왔는데
사막에 저리도 붉은 꽃이 핀다는 건 아무도 몰라서 꽃은 외로
웠지

비행장을 떠나면서 우리들은 테러리스트들을 향해 인사를 했고
비행장을 떠나면서 지상에 쌓아놓은 모든 신문들에게 불안한 악
수를 청했어
울지 마, 라고 누군가 희망의 말을 하면
웃기지 마, 라고 누군가 침을 뱉었어

21세기의 새들은 대륙을 건너다가 선술집에 들려 한잔했지
21세기의 모래들은 대륙과 대륙 사이에
천만 년의 세월을 살던 바다를 메워 새 집을 짓다가 초밥집에
들러

차가운 생선의 심장을 먹었어

21세기의 꽃게들은 21세기의 송충이들은 21세기의 은행나무
들은
인사를 하지 않는 막막한 시간을 위해 오랫동안 제사를 지냈지
21세기의 남자들은 21세기의 여자들은 아이들은 소년과 소녀
들은

비행장을 떠나면서 사랑이 오래전에 떠난 사막에 핀 붉은 꽃을
기어이
보지 못했지, 입술을 파르르 떨며 꽃이 질 때
비행장을 떠나면서 우리들은 새 여행에 가슴이 부풀어
헌 여행을 잊어버렸지, 지겨운 연인을 지상의 거리, 어딘가에 세
워두고
비행장을 떠나면서 우리들은 슬프면서도 즐거워서
20세기의 노래를 부르며 짐짓 모른 척했어, 당신의 얼굴 위를
우리가 비행기를 타고 나른다는 것을

사탕을 든 아이야

아이야 사탕을 든 아이야 먼 옛날, 추억의 고무신 공장이 문을
닫던 날, 추운 골목길에서 사탕을 입에 넣고 울던 아이야. 나는 너
의 미래야 미래의 사랑이야 미움이야 아이야

엄마를 기다리는 것도 아니고 사랑을 기다리는 것도 아니고 공
장의 굴뚝을 바라보며 사탕을 물고 있던 단발머리 아이야 검정치
마 아이야 흰 나비핀의 아이야

나는 알아, 그 사탕은 너의 마지막 사탕이었다는 걸, 그 이후 네
가 먹었던 이 세상의 모든 사탕은 불법이었어 그래, 사탕 안에 들
어 있던 건 진흙으로 만든 집이었지, 그 집은

방랑가수를 위한 공연장이었고 너의 미래인 나에게는 삶의 터전
이었어 여의도 근처에서 밥을 벌 때 벌건 태양은 은행과 증권거래
소에만 빛을 주었지, 빛이 들어오지 않은 마지막 그 골목에서 차오
르는 눈물을 삼키면서 남몰래 흐르는 노래를 부를 때, 사탕을 물고
서 있던 골목길에는 차가운 공장의 헌 굴뚝들이 일제히 눈을 감았
어 그 여름에 사탕을 문 아이를 싣고 떠났다 돌아오지 않은 정치가
가 너의 미래였어 정치가가 남긴 신발 한 짝이 우리의 미래였어

떠났다가 돌아오지 않았으면, 하는 순간마다 새로운 얼굴이 내
앞에 나타나는 것을 느끼지, 죽지 마, 라고 누가 말할 때마다 새로
돋은 잎들이 울잖아 떨면서 지잖아 아이야, 나는 너의 미래였어,
어둔 골목길 불 밝힌 상점 앞에서 극렬한 도둑질을 하고 싶은 고양
이 같은 시간이면 나에게로 걸어오는 너는 나의 새 시간이었어

역대 수상시인 근작시

발 없이 걷듯 외
황 동 규

청도시편 1—슬픔에게 외
이 성 복

커다란 나무 외
김 기 택

황동규

발 없이 걷듯 외

1938년 서울 출생. 1958년 『현대문학』 등단.
시집 『어떤 개인 날』 『풍장』 『외계인』 『버클리풍의 사랑노래』
『우연에 기댈 때도 있었다』 『비가』 『꽃의 고요』 『겨울밤 0시 5분』 등.
〈현대문학상〉〈대산문학상〉〈미당문학상〉〈만해대상〉 등 수상.

발 없이 걷듯

걸음 뗄 때마다
오른편 발뒤꿈치 아프게 땅기는 족저근막염에 걸려
침을 아홉 번 맞아도 통증 기울지 않고
복수초가 피었다 졌을
지금쯤 개나리 한창일
산책을 두 달여 못 나가고
지난 주말엔 친구들이 부르는 술자리에도 못 낀 채
미술책이나 들척이다가 떠오른 것이
사 년 전인가 터키 에베소에서 다리 절면서
'원 달러, 원 달러!' 외치며 사진첩 팔던 사내
물러갈 때 심하게 다리 절름댔으나
사람들 앞에선 알아챌 만큼만 가늘게 절던 사내,
그의 얼굴 어둡지는 않았어.

몇 시간 전 거리에선 사람들 날듯이 걸어다니고
그들의 삶이 내 삶보다 더 탱탱하고
이 세상이 생각보다 훨씬 더 탄력 있다는 느낌을 받았어.
틈 내어 힘들게 내려간 사당역 부근 지하서점 '반디앤루니스'
에선
닷새 전 나온 내 시집 어떻게 꽂혀 있나 살펴보려다 말고

듬직한 미술책 하나 집어 들고 난간 잡으며 올라왔지.

문 앞에서 걸음을 멈추었다.
젊은 남녀가 수화手話를 하고 있었다.
남자는 턱 높이까지 올린 한 손 두 손 쉬지 않고 움직이고
여자는 두 손 마주 잡고 열심히 쳐다보고 있었다.
다시 발길 옮기려다, 아 여자 눈에 불빛이 담겨 있구나!
여자가 울고 있었다.
참을 수 없이 기쁜 표정 담긴 얼굴이
손 없이 수화하듯 울고 있었다.
나는 절름을 잊고 그들을 지나쳤어.

두 달 반 만의 산책

발뒤꿈치 여직 땅기지만
3월에도 20일, 낮 기온 19도,
이런 날 발뒤꿈치나 돌보며 집에서 뒹굴어?
오늘 걸어 병이 도진다면,
그래, 한 달 더 앓기로 하자!

두 달 반 만에 나온 산책길
재건축 시작하던 건물들 다 헐려 허공이 되었고
짓던 건물엔 임대공고 겹으로 붙어 있다.
무언가 휑 비어 있다는 느낌,
가볍게 절름대며 천천히 걸었다.

어제까지 아침은 영하 기온
개나리 노랗고 덩치 큰 귀룽나무 잎 막 피기 시작했으나
현충원 안은 아직 꽃 행렬 일보 전,
나무들 가슴은 한겨울보다도 더 휑하고
장군 묘역 층계 양편 소나무들은
머리부터 무릎까지 바투 전지당했다.
겨울 오후에 그처럼 재잘대던 새들도
무얼 숨기려는지 소리 하나 내지 않았다.

조율 그만, 위로 들린 지휘봉!
오후 산책코스에서 내가 늘상 앞지르곤 했던
앞지를 때마다 발걸음 조심스러웠던
다리 저는 등산복 차림의 사내가 오늘은 둘이 되어
둘 다 열심히 서투르게 걸었다.
이런 신산한 재미가 봄에 내장되어 있다니!

토막잠

감기 달래며 임플란트 시작했다. 며칠째 술 깜빡 끊기자
술통 밑에 가라앉았던 토막잠들이 떠올랐다.

쇼팽이 고향에서 밀반입한 소싯적 애인의 뼈로
정교하게 깎았다는 조각 '마주르카'를 찾아
인사동 가게들을 위아래로 훑다가
돌 촘촘히 박힌 거리, 자욱한 안개비 속에서 덜컥 깬다.
거실에 나가 물 한잔 마시고 시계를 본다.
한 시.

옆에 앉은 여자가 흐느끼기 시작했다.
눈비와 함께 차창이 울음에 젖고 있었다.
귀가 아니라 가슴의 내벽을 건드리는 흐느낌,
눈비 때문에 이름 제대로 읽을 수 없는 역에 내려
찻길 건너 사라질 때까지
우산 없이도 여자는 몸이 젖지 않았다.
어떻게? 화장실 다녀오다 시계를 본다.
울음에 몸속까지 젖었는데 따로 적실 몸 어딨어!
두 시 반.

이즘처럼 사방에 꽃 피고 지는 20년 전 늦봄 날
겹꽃처럼 핀 전북대학 이종민 교수 내외와 함께 들른 내소사
입구에서 절집으로 가는 길에서 오른편으로 약간 비켜 앉은
지장암, 마당 가득 꽃을 피우고 사는
아름답고 꼿꼿한 비구니 일지스님 곁에 이름 모를 꽃 하나
하도 예쁘게 피어 있길래
'참 환장하게 곱네요.' 하니 서슴없이
'파 가세요!'
세 시 반.

잠시 잠을 밀쳐두고 생각에 잠긴다.
일지스님 꽃 애긴 꿈이 아닌데
생시와 꿈 사이 차단벽이 벗겨져 사람이 넘나들기도 하나?
그 꽃 하나만을 위해 내소사로!
영산홍 수국 장미 부용 맨드라미들을 지나
나무꼬챙이 기어오르며 조그만 동그라미 그리는 넌출들을
절묘한 장식음으로 쓰는 꽃들의 합창을 지나
일지스님 곁에 핀 그 꽃에 다가갈 수 있을까?
꿈결처럼, '파 가세요!' 말 들을 수 있을까?
목말라 들고 간 호미는 꽃 발치에 파묻고 올까?

20년 후

—2009년 8월 23일, 이종민 선생 내외와 지장암을 다시 찾았다.

20년 후 찾아간 내소사 지장암의 일지스님은
열매로 익고 있었다
8월 말의 산딸나무 열매, 싱싱하고 탱탱한.
마당엔 그 많은 꽃들 다 입양 보낸 후
한 구석에 몇 줄기 물옥잠만
마삭줄 넝쿨 속에 남보라로 피워놓고
마당 한가운데 무식하게 멋들어진 석등 하나
하루 내내 벌세워놓고
차 냄새 밴 환한 방, 높이 모서리 등받이 하나하나의 길이가
20센티 될까 말까 한 조그만 나무 의자에
몸을 내려놓듯 앉기도 하며
열매처럼 살고 있었다.

전처럼 금빛 우려낸 차를 대접받았다.
달라졌다, 큰 꽃밭 사라지고,
다듬지 않은 큰 돌 몇이 모여 흥겹게 석등을 만들고,
미니 의자가 제자리 잡고.

스님이 연잎밥 점심 준비하러 나간 사이에
의자에 슬쩍 몸을 내려놔 본다.

위 아래 옆 척 맞는군!
나와 함께 사는 것들, 책상 의자 텔레비 오디오기기들
하나같이 너무 크고 높지,
이따금 주책없이 꿈틀대는 꿈도.
창밖에 이름은 잊은, 모양만 얼핏 떠오르는,
조그만 새가 와서 쬐끄만 부리 열고 노래했다.
'세월이 이곳을 담백하게 만들었다.
그 속에 희견성喜見城* 있네.'

* (불교) 수미산 정상에 있다는, 제석천이 사는 궁성.

이 저녁에

마을버스에 실려 돌아왔다. 저녁,
아파트 동 출입구에서 영산홍이 실없이 웃고 있다.
까닭 없는 웃음도 괜찮아, 괜찮고말고.
한창때 좀 넘겼으면 어때!
우편함에 손을 넣었다 빼고 엘리베이터에 갇혔다 풀려나
자물쇠에 내장된 번호들을 누르고 집에 들어왔어.
식구 아무도 아직 돌아오지 않았지.
웃옷 벗어 장에 걸고 들고 올라온 편지를 뜯었어.
불을 켰는데도 어두워 손등으로 눈을 문지르면
형광등 자리에 형광등 켜 있고 달력과 그림들 제자리에 걸려
있는
그저 그런 저녁이었지.
형광등 수명이 다 돼 그런가,
의자 옮겨놓고 새것으로 갈려다 문득
시력 낮춘 건, 상의 없이 멋대로 주량 줄인 건,
기억 용량 몇십 기가바이트 빼버린 건,
졸아드는 에너지 아껴 쓰려는 몸의 지혜가 아닐까?

몸이여, 그대 처분에 나를 맡겨야 하지 않겠나.
주어진 시력 계속 쓰다가 어느 순간

눈 없이도 더 환하다는 세상으로 들어갈 수는 없다.
잘 안 보이면 안 보이는 만큼
보는 맛 조금씩 더 일구며 살다,
소리의 근원에서 멀어지는 귀, 몇 발짝이라도 더 가까이서
음흉의 깃을 잡아채려다 놓치기도 하는
상처 입은 뇌를 가지고 가련다.
흠집 없이 곱게 간수한
그런 명품 혼 같은 건 없이.

어둡고 더 어두운

흔히 그렇지만 머리 아플 때 진통제를 삼키면
잠시 후 신경에 얇은 막이 덮이고
통증이 무뎌지고
마음의 자전自轉이 늦어진다.
모차르트는 그저 모차르트
만나는 사람은 평범해지고
긴한 표정이 전정剪定당한다.
어쩌지,
산책길에 달려드는 벌들이 공손해진다.

바다에 지는 해를 바라보며 뇌를 쿡쿡 찌르는 머리 쳐들고
친구와 술잔을 나눈다.
우리 대화 저 앞에 해가 잘 닦인 환한 구리거울 같다.
드디어 거울이 끓고 바다가 끓고
통증이 끓으며 잦아든다.
거울이 한 번 더 끓고, 바다를 물들이고 사라진다.

술 한 번 마실 때마다
뇌세포를 한 마지기씩 죽인다고 하지만
뇌세포 다 살려갖고 죽어야 맛인가! 세포들아,

터진 솔기와 실밥을 감추지 못하는 뇌세포들아,
세포 수에 가난한 나를 용서 말아라.
용서받는 것은 어둡고, 안 받는 것은 더 어둡다.
술상 옆, 개울에도 못 닿는 실도랑물
어둠 속에 바다를 열고 들어가 사라진다.

세상 뜰 때

올더스 헉슬리*는 세상 뜰 때
베토벤의 마지막 현악사중주를 연주해달라 했고
아이제이어 벌린*은
슈베르트의 마지막 피아노소나타를 부탁했지만
나는 연주하기 전 조율하는 소리만으로 족하다.
끼잉 깽 끼잉 깽 댕 동, 내 사는 동안
시작보다는 준비동작이 늘 마음 조이게 했지.
앞이 보이지 않는 갈대숲이었어.
꼿꼿한 줄기들이 간간이 길을 터주다가
고통스런 해가 불현듯 이마 위로 솟곤 했어.
생각보다 늑장부린 조율 끝나도 내가 숨을 채 거두지 못하면
친구 누군가 우스갯소리 하나 건넸으면 좋겠다.
너 콘돔 가지고 가니?

* 헉슬리, 영국의 소설가. 벌린은 영국의 문화비평가.

이성복

청도시편 1—슬픔에게 외

1952년 경북 상주 출생. 1977년 『문학과지성』 등단.
시집 『뒹구는 돌은 언제 잠 깨는가』 『남해 금산』 『그 여름의 끝』
『호랑가시나무의 기억』 『아, 입이 없는 것들』 『달의 이마에는 물결무늬 자국』 등.
〈김수영문학상〉 〈소월시문학상〉 〈대산문학상〉 〈현대문학상〉 등 수상.

청도시편 1
—슬픔에게

새천년 아침,
통곡처럼 낮은 청도의 산들

부도를 뛰쳐나간
東谷은 구름 위에 국수집을 열고
雲門은 땅속에서 돼지감자를 캐고 있다

보료 위에
먹은 것 다 토하고 간 그들처럼
오늘 너는 또 못 볼 것을 보고야 만다

이를테면,
안짱다리 네 신나는 곡예에
신명나게 짖어대는 사육장 개들,

개들이 물어뜯는 풍경 사이로
깨밭 매는 노파의 엉덩이가 설핏 묻혀 있다,
깊이, 더 깊이 묻어주려 해도
버둥거리며 자꾸만 빠져나오고……

참 까칠한 슬픔이여,
기어이 안아줄래도
안길 생각 전혀 없는 너는
언제부터 내 것이 勃起하지 않는 줄 알아버렸더냐

금 간 마음속
靑燈이 紅燈을 때리고 심하게 울어도
아직 안심할 이유는 있다

보아라, 이 작은 마을에도
전국 체인의 장례백화점이 들어와 있다

청도시편 2

―백합공원

길 따라 龜頭처럼 솟은 망두석 사이로
초로의 유방처럼 꺼져가는 키위빛 무덤들
어디서 무엇을 하며, 어떻게 살았는지……
이박사 메들리는 여기서도 끝날 줄을 모른다
길 옆 붉은 칸나는 지나가는 덤프트럭과
레미콘 행렬에 일일이 인사하느라 바쁘고
망혼처럼 떠도는 복숭아 꽃잎, 꽃잎 사이로
우리 업소는 시집 안 간 암퇘지만 고수합니다,
펄럭이는 플래카드 따라 들어가면, 갑자기
너는 고수할 것이 없다 앙앙 깨물고 싶은
식욕은 어느 식육 식당 육고기에도 없는 것이다

청도시편 3
—마음의 지도

청도, 원추리 노란 꽃들 엎어진 길 위로
달려드는 벌레 먹은 감나무 잎들
시속 60km 국도에는 꽁무니 뒤로 잡힌 채
끌려가는 소형 트럭도 있지만
교미하는 붉은 실잠자리는 머리 위를 떠나지 않는다
고갯마루 휴게소에서 내려다보면
개버짐 같은 농수용 저수지
이젠 눈 씻고 찾아보아도 지도엔 갈 곳이 없다
마음속 勃起는 꺼지지를 않고……
저기, 절름거리며 허리 굽은 노파가 지나간다
노파의 지팡이를 빼앗아
아직 딴딴하게 부어오른 그것을 후려치고 싶다
이놈은 얼마나 맞아야 제가 주인공이 아님을 알까
하기야 알기는 알지,
알면서도 늘 그 모양, 그 꼬라지지
이제는 갈 곳, 쉴 곳 바이없어
작은 빗살무늬 토끼풀
그 작은 그늘에라도 들고 싶은데
어쩔까? 어쩔거나,
머릿속 빗물 패인 길 위로

일일이 바큇자국을 내는 경운기 소리

청도시편 4

—부부 싸움

현대식 빌라를 방불케 하는 식용개
사육장에는 멀리서 보아도 누런 개,
흰 개, 검은 개들이 쇠창살 너머로
머리를 디밀었다가, 뺏다가, 한 녀석

킹킹거리면 딴 놈들 코러스 하고
또 한 녀석 울부짖으면 딴 놈들
자지러진다, 숨넘어간다, 그러다 곧
적막은 서녘 하늘보다 붉고 푸르고

아까부터 사육장 젊은 내외는 부부
싸움을 하는 듯 언성이 높다 책가방 맨
아이가 돌아오면 남자는 쌍심지 켜며

사료 바케스 들고 사육장 안으로
들어가고, 여자는 수도를 틀어 상치와
파를 다듬는다 어떻든 먹여야 산다

그녀에게

잘 놀다 가라고 입에 발린 말이라도
했으면 좀 덜 아팠을까 쨍쨍한 하늘에
흰 구름 스쳐 가는 것이 그냥 아득하다
싫어도 한숨 곤히 자고 나면 잊힐 줄
알았는데, 미워 한껏 눈 흘기면 순한
눈 껌벅이며 미안해도 할 수 없다는 듯
품안으로 기어들어 밤새 헛소리한다
이처럼 하루 이틀 생짜배기 몸이 아픈
것은 언젠가 내가 저를 몰라봤다는 것,
이젠 저를 달래기도 신물이 나, 덮던
이불 걷어차고 정색을 해도 어쩌든지
한 열흘 쉬어 가겠다는 것, 인적 없는
들판 전봇대에 귀 기울이듯 내 젖은 등에
기대 저 온 길만 내다보며 중얼거린다,
꽃피는 오월에도 떡가루 같은 눈이 오려나?

유원지에서

둥근 탁자, 비치파라솔 쇠막대가 들어가야 할 자리에
사이다 병이 거꾸로 꽂혀 있다 전에 엠시 하던 최 모가
가수 윤 모 양의 그곳에 깨진 소주병을 박아넣은 것도
저랬을 것이다 그러니까 마구 쑤셔 헐어 터져 진물 나는
구멍에 날카로운 구멍 하나 덧 쑤셔넣은 것이다 문제는
처박힌 구멍이 게울 것 다 게우고도 좀처럼 주둥이를
쳐들 수 없다는 것, 나는 아무래도 저 구멍이 "풀밭 같은
너의 가슴에 내 마음은 뛰어놀았지" 하던 윤 모 양의
목소리로 흥얼거리는 것 같다 순한 양떼 같은 그녀는 지금
어느 풀밭을 헤매며 험한 꼴 당하고 있을까 삼십 년도 더
지난 지금 그녀의 그곳은 마침내 아물어 붙었을까 아무래도
지난 삼십 년은 "윤 모 양!" 하고 불렀을 때의 그 떨림
같아서, 눈 비비면 순한 양떼 같은 졸음이 마구 쏟아진다

일몰의 포크레인

가진 것은 힘밖에 없다고
무쇠 힘줄로 투덜거리는 너는,
찍고 파헤치고 내다꽂는 것만이 능사인 너는
너보다 몇십 배 무거운 것을 들어올리려다
풍뎅이처럼 발라당 뒤집어지기도 한다
때로 한없이 굼뜬 너의 신중함은
치명적인 약점에 대한 소심한 경계인가
한번 뒤집어지고 나서도
시뻘건 낯짝으로 낄낄거리며 흰소리하며
녹슨 팔뚝 번쩍 쳐들어올리는 너의 긍지는
지금 어두워가는 공터에 드리워진
너의 그림자보다 쓸쓸하다
생각해보라, 언젠가 묘지를 만들려고
야산 비탈로 기어오른 네가
아름드리 소나무를 옆텡이로 치고, 들이받고
그래도 안 넘어지면 턱주가리로 짓이기고,
그때 푸른 가지들이 자지러지며 비명을 질러도
어디 눈길 한번 주었던지
하지만 다시 생각해보라, 언젠가
네 성질 네가 못 이겨

바위투성이 냇바닥을 여러 번 찍고, 찍고, 파헤치고
끙끙거리며 건져올린 것이 고작
벌건 수박물 같은 한 다라이 진흙물이었다는 것을,
지금 일몰의 공터 이면 도로에 맥없이
서 있는 너의 이빨 하나에
동네 아이들이 걸어준 때 묻은 팬티는
때로 우스꽝스러움도 살육의 취미와 슬픔의 토사물 못지않게
끔찍한 네 힘의 일부라는 것을 말해준다

김기택

커다란 나무 외

1957년 경기도 안양 출생. 1989년 『한국일보』 등단.
시집 『태아의 잠』 『바늘구멍 속의 폭풍』 『사무원』 『소』 『껌』 등.
〈김수영문학상〉 〈현대문학상〉 〈이수문학상〉 〈미당문학상〉 수상.

커다란 나무

나뭇가지들이 갈라진다
몸통에서 올라오는 몸을 찢으며 갈라진다
찢어진 자리에서 구불구불 기어나오며 갈라진다
이글이글 불꽃모양으로 휘어지며 갈라진다
나무 위에 자라는 또 다른 나무처럼 갈라진다
팔다리처럼 손가락 발가락처럼
태어나기 이전부터 이미 갈라져 있었다는 듯 갈라진다
오래전부터 갈라져 있던 길을
거역할 수 없도록 제 몸에 깊이 새겨져 있는 길을
너무 많이 가보아서 훤히 알고 있는 길을
담담하게 걸어가듯이 갈라진다
제 몸통으로 빠져나가는 수많은 구멍들이
다 제 길이라는 듯 갈라진다
갈라지지 않으면 견딜 수 없다는 듯
조금 전에 갈라지고 나서 다시 갈라진다
다시 갈라진다 다시 갈라진다 다시 갈라진다
다시다시다시 갈라진다
갈기갈기 찢어지듯 갈라진다
뱀의 혀처럼 날름거리며 쉬지 않고 갈라진다
갈라져 점점 가늘어지는데도 갈라진다

갈라져 점점 뒤틀리는데도 갈라진다
갈라진 힘들이 모인 한 그루 커다란 식물성 불이
둥글게 타오른다 제 몸 안에 난 수많은 불길을
하나도 놓치지 않겠다는 듯
맹렬하게 갈라지고 있다

구직

여러 번 잘리는 동안
새 일자리 알아보다 셀 수 없이 떨어지는 동안
이력서와 면접과 눈치로 나이를 먹는 동안
얼굴은 굴욕으로 단단해졌으니
나 이제 지하철에라도 나가 푼돈 좀 거둬보겠네
카세트 찬송가 앞세운 선글라스로 눈을 가리지 않아도
잘린 다리를 고무타이어로 시커멓게 씌우지 않아도
내 치욕은 이미 충분히 단단하다네
한 자루 사면 열 가지 덤을 끼워준다는 볼펜
너무 질겨 펑크 안 난다는 스타킹
아무리 씹어도 단물 안 빠진다는 껌이나 팔아보겠네
팔다가 팔다가 안 되면 미련 없이 걷어치우고
잠시 빌린 몸통을 저금통처럼 째고 동전 받으러 다니겠네
껌팔이나 구걸이 직업이 된다 한들
어떤 치욕이 이 단단한 감각을 뚫겠는가
조금만 익숙해지면 지하철도 대중목욕탕 같아서
남들 앞에서 다 벗고 다녀도 다 입은 것 같을 것이네
갈비뼈가 무늬목처럼 선명하고
아랫도리가 징처럼 울면서 덜렁거리는
이 치욕을 자네도 한번 입어보게

잘 맞지 않으면 팔목과 발목 좀 잘라내면 될 거야
아무려면 다 벗은 것보다 못하기야 하겠는가
요즘엔 성형외과라는 수선집이 있어서
몸도 사이즈가 맞지 않으면 척척 고쳐주는 세상 아닌가
옷이 안 맞는다고 자살하는 것보단 백번 나을 거야
다만 불을 조심하게나
왜 느닷없이 울컥 치밀어나오는 불덩이 있지?
나중에야 어떻게 되건
보이는 대로 아무거나 태우고 보는 불,
시너 한 통 라이터 하나로
600년 남대문을 하룻저녁에 태워먹은 그 불 말이야
불에 덴 저 조개들 좀 보게
아무리 단단한 갑각으로 온몸을 껴입고 있어도
뜨거우니 저절로 쩍쩍 벌어지지 않는가
발기된 젓가락과 이빨들이 와서 함부로 속살을 건드려도
강제로 벗겨진 팬티처럼 다소곳이 있지 않는가
앞으로 쓸 곳은 얼마든지 있을 테니
일자리에 괴로움을 너무 많이 쓰지는 말게
치욕이야말로 절대로 잘리지 않는 안전한 자리라네

목을 조르는 스타킹에게 애원함

눈빛으로
목구멍이 막혀 눈빛으로
손발이 테이프로 꽁꽁 묶여 눈빛으로
말할 수 있는 건 눈 하나밖에 없어 눈빛으로
막힌 목구멍 대신 눈동자를 뚫고 나올 것 같은 비명으로
눈구덩이로 튀어나온 심장 같은 벌건 눈알로
살갗을 울퉁불퉁 뒤틀며 찢고 나올 것 같은 근육으로
숨 막힌 공기를 들이마시려고 한껏 벌어져 있는 입으로
공기 한 방울 맛보려고 입 밖으로 길게 빠져나오는 혀로
그 입에서 눈물처럼 뚝뚝 흘러나오는 침으로
빨간 루주를 칠했는데도 점점 새파래지는 입술로
방금 성폭행 당한 요도尿道에서 나오는 뜨거운 오줌으로
팬티와 치마와 에쿠스 시트가 다 젖는 줄도 모르는 떨림으로
목 조르는 팔뚝 속으로 스며드는 월척 같은 파닥거림으로
그 꿈틀거림으로 더욱 짜릿해져가고 있을 손맛으로
그 손맛 때문에 더욱 단단하게 조여지고 있을 모가지로
아무리 격렬하게 발버둥 쳐도 고요하기만 한 모가지로
빨간 스타킹자국을 감싸고 있는 새하얀 모가지로

할여으에어

불이 살을 녹여 얼굴을 지우고
손가락 발가락을 지우고
콧구멍을 막았다
병원이
녹은 얼굴에 두 개의 구멍을 뚫어
호흡만 겨우 이어놓았다
녹은 살 속에 숨어서
벌겋게 벌거벗은 한 사람이
두 손으로 '불' 알을 꼭 가리고 웅크려
신음하고 있었다
(얼마나 깊고 어두울까
누구도 들어갈 수 없는 그 속은)
익어버린 혀가 침묵하는 동안
신음은 컴컴한 바람 소리의 힘으로
간신히 발음 하나를 만들었다
할여으에어

고기 냄새가 난다
불판 위에서 맹렬하게 들썩거리는 소리가 난다
지독한 발음 냄새가 난다

살려주세요

모녀

딸의 얼굴이 조금 들어가 있는 엄마가
소곤소곤 뭐라고 이야기하고 있다.
딸이 엄마의 웃음을 똑같이 그리며 웃고 있다.
두 웃음이 하나의 얼굴에서 웃는다.
엄마가 나직나직 이야기할 때
두 얼굴은 모두 엄마가 되었다가
딸이 생글생글 이야기하면
두 얼굴은 금방 명랑한 딸의 얼굴이 되곤 한다.
두 몸에서 나온 하나의 얼굴.
두 얼굴에 맞붙어 있는 한 눈, 한 웃음.
한 웃음 속의 두 입, 두 웃음소리.
서로 단단하게 붙어 있는, 둘로 갈라져버리면
바로 피가 날 것 같은 하나의 얼굴.
한 입으로 이야기하고
한 고개로 끄덕이는 두 얼굴.
엄마의 웃음 속에 있는 딸이 이야기하자
딸 속의 엄마가 무릎을 치며 맞장구친다.
딸의 웃음 속에 들어 있는 엄마가 이야기하자
엄마 속의 딸이 까르르 웃는다.
한참 이야기를 듣던 엄마는

저도 모르게 40대의 딸이 되어서는
응, 응? 응, 고개를 끄덕이며 어린 대답을 한다.
딸 속의 엄마는 엄마 속의 딸을 대견하게 바라보며
인자한 웃음을 보낸다.
슬픔이 들어갈 틈이 보이지 않도록 명랑한
둘로 갈라진 자국이 없는
하나의 눈, 하나의 코, 하나의 얼굴.
조마조마하도록 가만히 소곤거리는,
하나가 없어진다면
둘 다 영원히 없어져버리고 말 것 같은
10대 엄마와 40대 딸.

대패삼겹살

대패로 깎아 무얼 만들겠다는 거지?
100% 돼지로 만든 식탁
삼겹살과 핏줄과 신경의 무늬가 생생한 책장과 장롱
숨 쉬는 통돼지로 기둥을 세우고 벽을 만들어
친환경이라는 목조주택
신문에 끼어 온 전단지에서 본 그 광고들인가?

전기톱은 깊은 숲으로 가서
아름드리 라지화이트종 한 마리를 골라 베었겠네
잎과 가지가 다 흔들리도록 비명을 지르다
그루터기만 남기고 돼지는 풀썩 쓰러졌겠네
고소한 비린내가 나무향이 되도록
사방으로 튀던 피와 비명이 무늬목이 되도록
얼마나 오랫동안
대패는 그 돼지를 쓰다듬고 핥으며 길들였을까

건강에는 역시 채식이 최고야
성인병도 예방하고 환경도 살리는 웰빙 음식 아닌가
가구나 집이 지겨워지면
미련 없이 부수어 불판 위에 올리게

구워지면서 나무는 비로소 돼지고기가 된다네
참 오래 살고 볼 일이구면
이 생생한 삼겹 나이테 살 좀 보게
이토록 완벽한 돼지고기맛 퓨전 채식을 먹게 되리라고
예전에 누가 꿈이라도 꾸어보았겠나

물방울 얼룩

바싹 마른 물방울 먼지가 유리창에 가득
붙어 있다 여전히 둥근 표면장력이 떼 지어 붙어 있다
먼지조차도 중력을 어쩔 수 없다는 듯
주르르 흘러내리고 있다
먼지 속에 남아 있는 액체의 무늬가 무게를 잡아당기고 있다
흘러내리면서 유리 절벽을 꽉
붙들고 있다 손톱자국처럼 유리창을 잡으며 미끄러지고 있다
손톱으로 유리판을 다
움켜쥐려고 딱딱하고 미끄러운 표면을 긁고 있다
손톱 긁는 소리를 끌어내리는 난폭한 중력
영원히 녹지 않는 얼음처럼 차가워
유리에는 할퀸 자국이 나지 않는다
먼지들은 미끄럽게 빛나는 표면에 뿌리처럼
박혀 있다 유리를 빨아들이는 이끼처럼 자라고 있다
유리 속에 갇힌 햇빛이 환하게 켜지자
먼지들도 물방울 기억을 되찾아 반짝거린다
뼈만 남은 물방울들
햇빛 화장火葬이 끝나 푸석푸석한 물방울들
다 말라버렸는데도 여전히 먼지 속에 남아 있는 물방울들

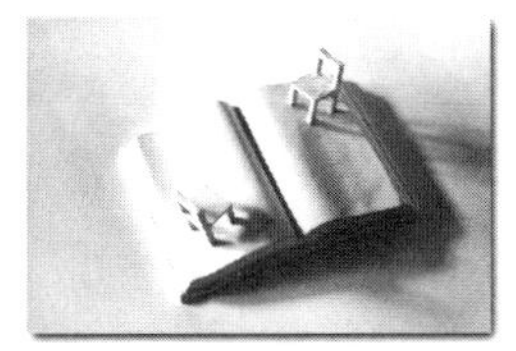

심사평

수상소감

한국시의 왕성한 활력

김소연 · 문태준

현대문학상 예심심사는 지난해 12월부터 올해 11월까지 각종 문학지에 발표된 시들의 전체목록을 검토하는 일로부터 시작되었다. 엄청난 분량의 창작시들이 많은 문학잡지 지면들에 발표되고 있는 진경은 놀랄만한 것이었다. 다기한 시들이 각각의 탄력으로 솟구치고 또 세계를 뜨겁게 껴안는 모습은 아무리 우리 시대가 무잡하다 하더라도 무릇 시정신이라는 에너지는 앞으로도 결코 고갈되거나 훼손되지 않을 것임을 더욱 신뢰감 있게 예고하는 것이었다. 이 지구상에서 이처럼 시의 저변이 넓고 왕성한 활력을 갖고 있는 나라가 또 있을까 싶게 참으로 희유해 보였다.

기초자료를 검토한 후 두 사람의 심사위원은 예심의 자리에서 논의할 총 28명의 대상자를 우선 선별했다. 그리고 꼼꼼한 시 읽기에 들어갔다. 공동으로 추천된 5명의 대상자를 본심에 일괄해서 올리기로 하고, 단수 추천된 시인들을 대상으로 여러 의견을 교환했다. 개인적 취향에 따라 호오가 갈렸으나 거듭 숙려하는 과정을 통해 13명의 대상자를 추가했고, 그리하여 최종적으로 18명의 시인들이 창작한 작품들을 본심에 올리는 데 흔쾌히 합의했다.

고형렬, 김신용, 김혜순, 신달자, 이상국, 이하석, 허만하 시인의 시편들은 농익은 성찰과 예각의 언어로 한국시의 영역을 시공간 모두에서 확장하는 모습을 보여주었다. 이 시인들이 기왕에 보여주었던 출중한 문학적 실천의 성취뿐만 아니라 여전한 창작력은 깊은 존경의 마음을 갖게 했다. 한국시의 요추 역할을 감당하고 있는 박정대, 이수명, 정끝별, 조용미, 허수경 시인의 시편들은 시세계의 변모를 다소 보여주면서도, 우리 시대의 병리적 현상을 드러내고 특유의 섬세한 시선으로 삶을 명징하게 간파하는 힘을 보여주었다. 또 차주일 시인의 관찰과 분석에 근거한 견고한 시편들과 최근 정신병동 환자들의 내면을 비트는 방식으로 보여줌으로써 그들의 상처를 끌어안는 유홍준 시인의 시편들도 주목했다. 물론 근년에 상상력의 활달한 전개를 보여주고 있는 심보선, 이영주, 조연호 등 젊은 시인들의 시편들도 빠뜨릴 수 없었다. 특히 이들 젊은 시인들의 시편들은 때로는 환몽을, 때로는 격정적인 내면의 풍경을 보여주지만 독특한 발화체계가 완성되고 있음을 보여주었다. 그들의 시편들은 한국시의 여러 가능성을 완취하는 모습을 보여주기에 충분했다.

한 시대에 창작되는 시들은 너무나 다종해서 하나의 흐름을 이루지는 않는다. 그들은 다성적이며 예고 없이 출현할 뿐이다. 그리하여 한 시대의 시들을 꿰뚫어 통찰하려는 시도는 난경에 처하기도 한다. 두 사람의 심사위원은 한국에서 양산되는 시들을 읽으면서 시인 저마다의,

그 각각의 꽃핌을 보았다. 그리고 한순간 그 각각의 꽃핌이 역동적인 결합을 이루면서 한국시를 한 번 더 크게 꿈틀거리게 하고 있음을 행복하게 보았다. 그 행복한 경험을 즐기면서, 현대문학상의 권위를 더욱 빛낼 수상자를 조용히 기다리기로 했다. ▪

쌍대雙對의 골짜기에서 태어나는 메아리의 언어

최승호

고형렬의 시는 대립되는 것들의 사이를 탐색한다. 이를테면 언어와 침묵, 문명과 자연, 표면과 심연, 생과 사, 소멸과 불멸, 존재와 공 같은 쌍대雙對의 골짜기에서 태어나는 메아리의 언어를 꿈꾸는 것이다.

「옥수수수염귀뚜라미의 기억」에서는 "80층 승강기"와 귀뚜라미가 대비되고 "80층 체인이 출렁이는 소리"와 귀뚜라미 울음소리가 대비된다. 그러면서 승강기의 기계음과 귀뚜라미 울음은 다시 침묵과 대비되고 침묵은 다시 언어와 대비된다. 그 사이의 겹겹들, 쌍대의 공간에서 발생하는 메아리의 언어는 다음과 같은 것이다.

나는 너의 이름을 보고 싶어 만지고 싶어
옥수수수염귀뚜라미

그의 다른 작품 「비정치적 남양주시」에서도 그만의 독특한 메아리의 언어는 자주 발견된다.

    이런 문장은 맞는 문장이 아니다/나는 이 안 되는 문장을 계속 만들려고
한다

(……)

    남양주시의 햇살의 정오를 밀치고 장님의/남양주시가 되려 한다

(……)

    가을도 모르는 나의 가을 남양주시

    시는 세상에 존재하지 않았던 최초의 언어, 최초의 표현을 꿈꾸면서
그것을 물질화된 언어로 실현한다. 그의 작품들을 보면 쌍대를 자유자
재로 주무르면서 새로운 표현을 창조해내는 노련한 솜씨와 열정이 느
껴진다. 대립되는 것들을 넘어서면서 그것을 포용하는 불이不二의 사유
와 그 어디에도 치우치지 않고 그 무엇에도 머물지 않는 무의無依의 상
상력이 없었다면 역동적이면서 새로운 언어들의 탄생이 불가능했을 것
이다.
    우직하게 시의 외길을 걸어온 그의 수상을 축하한다. ▪

광대무변과 극미極微를 동시에 보는 자의 말하기

김사인

고형렬에 의해 치러지는 감각과 사유의 모험은 많은 경우 생소하고 난삽하다. 그가 밀어가고 있는 상념과 그로써 열리는 세계의 어느 차원이 매우 독보적이기 때문이다. 다시 말해 그는 생과 세계를 치르는 눈의 새로운 어느 차원을 열어 버티고 있는 것이다.

그것은 사유인 동시에 정서이자 감각이어서, 그의 시는 때로 광활하고 심원한 우주적 비상에의 전망이며, 때로는 섬뜩할 만큼 생생하고 미시적으로 세상을 직면하는 감각이다. 나는 동아시아의 형이상학적 전통들이 그의 시를 통해 현대적으로 몸화化되고 있으며 서양의 최신의 철학적 화두들이 그의 사유 속에서 생생하게 꽃피고 있다는 기이한 느낌을 받는다. 이런 느낌과 체험 앞에 우리를 불러 세우는 시들은 많지 않다.

고형렬의 상상력은 비정 또는 무심의 표정을 하고 있다. 비정은 그의 언사와 사유의 전개를 때로 냉혹한 것이게 한다. 고형렬은 감상과 온정

따위를 취급하지 않는다. 쓰디쓴 자조가 차라리 그의 몫에 가깝다. 무심은 거침이 없으며, 따라서 집착할 주主도 객客도 없는 어떤 것이다. 또한 바로 그렇기 때문에 무심은 동시에 지극한 예민함인 것이다. 존재의 기척에 공명하는 사심 없는 섬세함의 다른 이름이 무심일 것이기 때문이다. 시를 근원 사유의 실천형식으로 삼고 있다는 점에서 고형렬은 문득 김구용, 김수영 시인의 풍모를 떠올리게 하지만, 정작 그 누구와도 닮지 않았다. 심지어 그는 장자莊子를 떠올리게 하지만 장자와도 닮지 않았다.

고형렬의 문장들은 비문非文이나 눌변의 외형을 지니고 있어 때로 거칠고 무성의한 느낌을 준다. 이 자체를 미덕이라 우길 수는 없을지 모르지만, 그의 시를 유의해서 몇 차례 읽어보면 그것은 결코 '거칠고 무성의한' 결과가 아니다. 독특한 조어법은 역설적으로, 정규적 구문으로는 담을 수 없는 미세한 마음의 기척들과 형언키 어려운 존재의 다중성, 착잡성을 드러내는 그만의 유력한 시적 방법임을 알게 된다. 세계의 광대무변과 극미極微를 동시에 보려는 자, 그 공포와 황홀에 직면하는 자의 말하기. 고형렬의 언술이 취하는 저 눌변과 요령부득의 구시렁거림의 외형은 '결코 명료하고 유창할 수 없는' 참으로 '본 자, 보려는 자'의 두려움과 주저, 우울과 환희의 진정성에 깊이 관련이 있다.

이런 시적 정신이 우리와 더불어 있다는 것은 복된 일이고, 그러한 시와 정신의 '법정 후견인'인 고형렬 시인에게 한 해 동안 이 상을 감당하는 번거로움을 위탁할 수 있다는 것은 뜻깊고도 통쾌한 일이다. ■

어느 장님에 대한 간접 반사反射의 기억

고형렬

삭풍이 유리창을 흔들어대던 1966년 2월, 『현대문학』 2월호가 나왔다. 지령 130호를 넘어설 때였을까. 그 무렵 선친이 보고 밀어놓은 『현대문학』지를 처음 만져보면서 문학의 냄새를 맡았다. 1969년부턴가 그 잡지는 우리 덕장집에서 자취를 감추었고 선친은 문학을 접었던 것 같다. 그때부터 문학의 꿈을 꼭꼭 숨겨두었고, 존재하지만 쉽게 말할 수 없는 것들이 자신을 가로막아서는 것을 경험하기 시작했다.

그로부터 10년이 흐른 1979년 강원도 고성에서 면서기를 하던 나는 『현대문학』으로 등단을 했다. 『현대문학』을 처음 본 날로부터 43년, 데뷔 30년이 지난 2009년 11월 중순, 청량리행 열차 안에서 이 상의 수상자로 결정되었다는 통지를 받았다. 문학에 대한 나름의 책무와 인과가 있었던 것 같다. 지령이 무려 660호를 넘어서는 창간 55주년에 유구한 삶의 역사를 형상한 현대문학상을 수상하게 되어 나로선 기쁘다.

우울의 시간 속에 날이 추워지고 하늘은 파랗다. 차고 습한 바람이 산줄기를 타고 내려와 쉬지 않고 견잠繭蠶의 집을 내리친다. 몸은 떨그럭거리는 소리에 신경을 곤두세워 무언가 계속 흔들리는 소리를 엿듣는다. 아주 먼 길을 걸어왔고 너무 낯선 곳에 당도한 메마른 영토다. 모든 길과 사람들의 콧잔등과 산날맹이들이 날카롭다. 그 길이 기억되지 않으려 한다, 마치 불가능한 어떤 벌레의 의지처럼. 겨울 끝에선 모든 기억이 풍화되고 언어의 몇 줄기만 남을 것이니. 하지만 칸나 구근을 캐어 검은 비닐봉지에 넣어 고방에 두었고 백합은 화단에 두었다. 둘은 죽었다가 봄에 다시 새로 나타나 다른 잎과 꽃들로 만날 것이다.

사물의 시간들은 깊은 곳에 갇혀 통과한다. 30년의 굴레를 걸어온 나는 지금 하나의 불구의 영혼이며 고작 양지를 그리는 마른 줄기의 꿈임을 깨닫고 있는 중이다. 그 깨달음은 눈먼 식물의 추억의 렌즈 같은 잎사귀이며 다시 피어나려는 줄기였고 무중력의 한낮이다. 도시를 떠나온 나의 영혼과 언어는 이제 대지 위에 던져져 있건만 왜 나의 행보는 지혜롭지 못한가. 출리된 자처럼 적소의 고독처럼 적막한 언어의 벌레들이 나를 찾아와 갉아먹을 것 같다. 나를 자신들의 몸으로 살찌우고 어디론가 저것들이 날개를 달고 날아간다면.

모든 시인은 현대문학의 도상에 서 있다. 나도 이 길을 후회한 적 없다. 젊음과 오늘을 팔아 걸어왔고 또 전통과 신생의 유쾌한 충돌 속에서 걸어갈 것이다. 다만 나의 언어가 빛에 가려진 미지의 어둠 속 저 뒤쪽에 숨어 시간의 의미를 깨물어볼 수 있기를 원한다. 지난하고 다급한 듯한 우리 문학의 현대시 속에서 조용히 장님의 눈을 빌리고자 한다.

반팔 모시가 내 옆 빈자리에 앉는다. 앞 사람이 선생은 어떻게 혼자 이 지하 5층 역에 내려와 전철을 타실 수 있습니까, 하고 물었다. 지팡

이와 은시곗줄인 그가 웃었다. 사람들이 내리고 타는 소리가 들렸고 찬 바람이 잠깐 들어오다 문은 닫혔으나 그가 내리는 소리는 들리지 않았다. 전철이 어두운 청량리역으로 향할 때 나는 지금도 살며시 의식의 눈을 뜬다. 눈꺼풀은 천천히 들리고 그 안에 눈알의 내가 내다본다. 늘 도시에 부재하나 이름이 있는 그 장님 진인眞人이 나를 향해 중얼거렸다. 앞으로 나는 당신을 위해 살지 않을 거예요.

앞으로 말은 더 난해할 것이다. 첨단과 광속의 유희 속에서 그것들을 가로지르는 글의 행운을 꿈꿀 때만 나는 그들로부터 풀려날 수 있다. 어느 날 장님이 되고 싶었던 것처럼, 어느 날, 생은 몰록 눈을 뜨고 말 것이다. 광음처럼 아주 낯선 공간 속에 이미 당도해 있을 터. 내부의 가로대 하나가 길바닥에 떨어졌을지라도 내 길을 걸어가리. 나는 그냥 해보자고 새벽길을 떠나온 것이 아니었다. 그러나 이런, 벌써 이른 정오가 아닌가. 지는 해보다 더 빨리 걸어야 한다. 더 늦기 전에 길을 재촉한다. 해가 지기 전, 그곳에 당도해야 한다는 것, 이것이 속초 변방의 한 시골 소년의 꿈이었다.

통합되지 못한 올터alter들이 떠도는 사회 속에선 '불가' 한 일들이 수없이 발생한다. 전철은 석양이 내다보는 서울대입구를 지나간다. 어떤 생은 이것만이라도 허용해주길 바라며 눈을 뜬다. 면과 면이 등 돌리고 한 권의 책으로 묶여 있는 동안처럼. 어떻게 말문을 터야 할까. 그것이 장님과 석양이 내게 준 선물이다. 눈동자만 한 시계의 시여, 나를 탈출하라. 모든 것이 사라진 지평선을 내다보는 시간의 저 안쪽, 무아의 나를 위해. ■

—밤 송현리에서

2010 現代文學賞 수상시집

옥수수수염귀뚜라미의 기억 외

지은이 ㅣ 고형렬 외
펴낸이 ㅣ 양숙진

초판 1쇄 펴낸날 ㅣ 2009년 12월 1일

펴낸곳 ㅣ ㈜현대문학
등록번호 ㅣ 제1-452호
주소 ㅣ 137-905 서울시 서초구 잠원동 41-10
전화 516-3770
팩스 516-5433
홈페이지 ㅣ www.hdmh.co.kr

ⓒ 2009 ㈜현대문학

값 9,000원

ISBN 978-89-7275-452-7 03810